全方位
華語精進讀本

The Ultimate
Chinese Reader

林佳慧、陳玉、郭芳君、張惠雯——著

目錄

第一單元

文學

第二單元

歷史地理

第三單元
科技

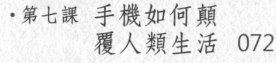

第四單元
社會

作者的話

　　這二十年來，華語教學的蓬勃發展，為台灣的華語教學生態帶來了不同的樣貌，除了各大學的華語教學中心紛紛成立之外，也有更多元化的班級型態、教材，如雨後春筍般地出現，實為一可喜的現象。在時代脈動上的台灣，我們如何為學生注入新主題，一直是教學現場關注的題目。

　　與此同時，眾多的華語教材中，根據需求而編寫的教材不在少數，例如商務、旅遊、聽力訓練、漢字學習等等，但另一類則是以一系列的漸進式教材為主，學生多半由初級課程開始，以聽、說、讀、寫同時並進的方式學習。但是在這循序漸進的過程中，總是有一些學生或因簽證到期；或因經濟因素；或因找到工作而中斷學習，而其中不乏少數打算在不久的將來繼續中文課程，在這銜接的過程中，他們有什麼樣的選擇呢？

　　本書的作者中，林佳慧老師和郭芳君老師，注意到了這個問題，也同時看到了這些小眾學生的需求，遂提出了這個多主題融合的中級閱讀之構想，感謝聯經出版公司對教學多樣化的支持，讓已進入中級，卻無法到校繼續上課的學生有一本可以自習的課本，既能複習之前所學，又能學習一些新詞、語法。於師大國語中心的張惠雯老師和陳玉老師也共同投入這本書的編寫，四人在三年的心力合作下這本書誕生了。

　　本教材以鄧守信教授所主編的《當代中文課程》作為根據，設定對象則是學完當代三，還未進入當代四的學生。將文章分為四大類之後，我們挑選了當代一到當代三的一些生詞、句型，並加入少許當代四、五的，除了幫助複習，也為繼續自學或與其他教材銜接做準備。目前當代中文課程為台灣與海外許多華語中心和老師們喜愛，與主流教材銜接必能嘉惠更多學子。

推薦序

　　台灣的華語文教學始於上個世紀的五十年代末，至今已超過一甲子。大專校院設立了五十多個華語教學中心，每年招收數萬名外籍學生，還有十多個華語教學研究所，培育出了一千多名專業師資。台灣的華語教學在師資培育、教學方法上逐漸完善，然而在教材方面，無論是內容、類型還是出版的速度，卻難以滿足師生的需求。

　　在台灣撰寫、出版華語教材不是為了營利，因其不同於國中、國小的教科書，一刷能賣幾萬本。華語教材再熱門，一年的銷售量仍然難以破千。教師之所以願意編寫教材，是基於教學的執著與對學生的責任感，也因為有了無私付出的教師，台灣的華語教學才能在世界上占有一席之地。

　　《全方位華語精進讀本》是由林佳慧、陳玉、張惠雯、郭芳君四位老師合寫的，書中有文學、史地、科技、社會四個單元，每個單元下有三個主題，內容多元、有趣。這本中級教材可以做為密集班的課堂教學之用，配搭《新實用視聽華語》、《當代中文》、《時代華語》一類的系列教材，用以鞏固學生的閱讀能力；這本教材還可以作為自學教材，當學生離開課堂後，藉此維持已習得的中文知識和能力，準備迎接下一個學習歷程。

　　編寫教材需關注許多細節，舉凡主題規劃、課文編寫、詞表形式、練習設計等，憑藉的是教師的專業素養與教學經驗。本書的作者群除了兼具學養與經驗外，更重要的是能將心比心，同理學習者的學習困難，也理解因故中斷學習的無奈。這本書的出版，不只是擺在書店裡的一本閱讀教材，還是一本能讓學生離校後繼續精進中文的秘笈。

國立臺北教育大學語文與創作學系副教授 宋如瑜

第一單元

文學

女媧造人

01　世界剛形成的時候什麼都沒有，經過一段漫長的時間，慢慢地，天上的星星、月亮、太陽都出現了，地球上動物和植物的種類也越來越多，只是從來沒看到過人類。

　　有一天，一位名字叫「**女媧**」的**女神**，祂到世界各地旅行、拜訪，雖然一路上看到了**無數**美景，可是女媧的心裡卻覺得孤單和遺憾，因為祂發現這個世界真的太安靜了，身邊連可以一起說說話、聊聊天的人都沒有，讓人覺得度**日如年**，想著想著忍不住難過了起來。為了改變情形、解決這個問題，於是祂坐下來，靠在河邊的大樹下，努力思考著讓這個世界變得比較熱鬧的辦法。

　　因為女媧發現其實自己悶悶不樂的原因是由於缺少同伴的關係，所以祂決定根據自己的形象來創造新生命。一開始祂對於應該怎麼做連一點想法都沒有，只是看著自己在河面上的倒影發呆。突然祂靈機一動，挖起一些泥土，再加一點水，捏出

了一個小人偶。可惜那個人偶動也不動，一點活力都沒有。於是，女媧對著它吹了一口氣，並且把人偶放在地上，那個小人偶立刻有了變化，馬上手舞足蹈起來，變成又活潑又有生命力的小人兒。

女媧造人成功以後，心裡激動得不得了，臉上也終於恢復了笑容，又更努力地捏出許多男男女女，希望這個世界可以多點開心的氣氛。只是靠祂一個一個地捏，不但沒有效率，而且也忙得筋疲力竭。祂認為這樣下去不是辦法，所以就順手把樹上的藤蔓拉了下來，一邊沾泥漿，一邊用力甩出去，那些泥漿掉下去以後，就自然而然地變成了人偶，而且不管在外表或是動作方面，也都各有各的特色。就這樣，不過一會兒的時間，這個世界上就到處都是人類了。

由於這些人類並不是神，沒辦法長生不老，有一天他們都會死，女媧擔心到時候可能又會回到以前那個沒有生命力的世界。為了避免這種情況發生，也為了讓人類可以生生不息，女媧教導他們繁衍後代的辦法，讓世界上的人類可以一代接著一代，永遠生活下去。

《專有名詞 Proper Noun》

生詞	拼音	詞類	翻譯
01 女媧	Nǚwā	N	Nüwa is the mother goddess of Chinese mythology.

《本文生詞 Vocabulary》

生詞	拼音	詞類	翻譯
02 造人	zàorén	V-sep	to create mankind
03 形成	xíngchéng	V	to form
04 一段	yíduàn	M	a period of (time)
05 漫長	màncháng	Vs	long (time)
06 人類	rénlèi	N	mankind
07 女神	nǚshén	N	goddess
08 祂	tā	N	it (pronoun used for God)
09 無數	wúshù	Vs-attr	countless
10 思考	sīkǎo	V	to think
11 缺少	quēshǎo	V	to lack
12 同伴	tóngbàn	N	companion
13 倒影	dàoyǐng	N	reflection
14 發呆	fādāi	V-sep	in a daze; space out
15 挖	wā	V	to dig
16 泥土	nítǔ	N	soil
17 捏	niē	V	to sculpt
18 人偶	rénǒu	N	doll; figure
19 活力	huólì	N	energy, vitality
20 吹氣	chuīqì	V-sep	to blow

㉑ 生命力	shēngmìnglì	N	liveliness
㉒ 笑容	xiàoróng	N	smile
㉓ 效率	xiàolǜ	N	effectiveness
㉔ 順手	shùnshǒu	Adv	while, might as well
㉕ 樹	shù	N	tree
㉖ 藤蔓	téngmàn	N	vine, climbing plant
㉗ 沾	zhān	V	to dip
㉘ 泥漿	níjiāng	N	slurry, mud
㉙ 甩	shuǎi	V	to swing
㉚ 教導	jiāodǎo	V	to instruct, to teach
㉛ 繁衍	fányǎn	V	to reproduce
㉜ 後代	hòudài	N	the coming generations; descendant
㉝ 永遠	yǒngyuǎn	Adv	forever

《 片語 Phrases 》

	生詞	拼音	翻譯
㉞	度日如年	dùrì rúnián	every day is a year long; time hangs heavy
㉟	悶悶不樂	mènmènbúlè	be bummed about something
㊱	靈機一動	língjī yídòng	get a sudden idea; a bright idea occurs
㊲	筋疲力竭	jīnpílìjié	exhausted
㊳	手舞足蹈	shǒuwǔ zúdào	dance with joy
㊴	自然而然	zìrán érrán	come very naturally, as a matter of course
㊵	長生不老	chángshēng bùlǎo	immortal
㊶	生生不息	shēngshēng bùxí	life goes on and on, the circle of life

一 選擇題

1 ◯ 這篇故事主要的內容跟什麼有關？

    Ⓐ 女媧受人尊敬的原因

    Ⓑ 人類是怎麼出現的

    Ⓒ 人類怎麼做才能永遠生活下去

2 ◯ 世界形成以後，有什麼樣的改變？

    Ⓐ 隨著時間的過去，不同品種的動植物也慢慢出現了

    Ⓑ 只有少數人類生活著

    Ⓒ 「女媧」是天上的神捏出來的

3 ◯ 為什麼女媧覺得不快樂？

    Ⓐ 沒看到一個讓祂滿意的風景

    Ⓑ 沒有能讓祂說出心裡感覺的同伴

    Ⓒ 原本的小人兒都不會說話

4 ◯ 泥漿捏出來的人偶應該怎麼繁衍？

    Ⓐ 女媧教導人偶一代接著一代地活下去的方法

    Ⓑ 每次都靠女媧捏出新的人偶來

    Ⓒ 藤蔓掉下來沾到泥漿，就可做出新的人偶來

5 ◯ 造人並不容易，要花很多的時間，女媧怎麼做呢？

    Ⓐ 因為祂很有耐心，所以一直慢慢地捏

    Ⓑ 用力把沾了泥漿的藤蔓甩出去，讓速度變快

    Ⓒ 請已經有生命力的小人偶來幫忙，節省時間

6 ◯ 人類為什麼可以一直生活下去了？

    Ⓐ 女媧對他們吹了一口氣

    Ⓑ 人類自然而然有了生命

    Ⓒ 女媧教他們怎麼繁衍

7 ◯ 下面哪一個是對的？

    Ⓐ 女媧捏出來的人偶，不管樣子或動作都是一模一樣的

    Ⓑ 這些人偶有長生不老的能力

    Ⓒ 人偶的外表是按照女媧自己的樣子捏的

二 生詞填充

1 ◯ 在許多傳說故事中，不少人總是想辦法尋找＿的藥，就是為了活得更久。

    Ⓐ 生生不息   Ⓑ 自然而然   Ⓒ 長生不老

2 ◯ 大家都想不出辦法來的時候，她＿，馬上把問題解決了。

    Ⓐ 悶悶不樂   Ⓑ 靈機一動   Ⓒ 手舞足蹈

3 ◯ 很多人覺得結婚不只是跟自己愛的人一起生活，其中還有一個重要的功能就是＿下一代。

    Ⓐ 繁衍   Ⓑ 思考   Ⓒ 教導

4 ◯ 古時候的人沒有鏡子，想知道自己長什麼樣子，大概得觀察一下水中的＿。

    Ⓐ 人偶   Ⓑ 倒影   Ⓒ 泥漿

5 ◯ 現代人的生活很忙，有時候連＿的時間都沒有。

    Ⓐ 發呆   Ⓑ 筋疲力竭   Ⓒ 捏人偶

6 ◯ 兩個愛好相同的人認識的時間久了，___地就能變成好朋友了。

　　Ⓐ 悶悶不樂　　　Ⓑ 自然而然　　　Ⓒ 手舞足蹈

7 ◯ 他累了一天，回家以後已經沒有___做別的事情了。

　　Ⓐ 生命力　　　Ⓑ 思考　　　Ⓒ 活力

8 ◯ 女媧教導人們繁衍的方法，讓人類可以生生不息。「生生不息」的意思是什麼：___

　　Ⓐ 生命是會一直繼續下去的

　　Ⓑ 生命會一直變化

　　Ⓒ 不同生命之間都是有關係的

9 ◯ 泥漿落在地上就自然而然地形成人偶。「自然而然」的意思是什麼：___

　　Ⓐ 沒有人安排，一切都是自然發展出來的

　　Ⓑ 泥漿要自然地落在地上才能變成人偶

　　Ⓒ 人類可以按照自己的感覺來做

三 句子配對

◯ ❶ 由於女媧捏了許多人偶，　　Ⓐ 而出現創造人類的想法。

◯ ❷ 即使人類沒辦法長生不老，　　Ⓑ 那麼生活一定很孤單。

◯ ❸ 如果身邊連說話的人都沒有，　　Ⓒ 也能一代接著一代傳下去。

◯ ❹ 女媧因為忍不住孤單，　　Ⓓ 各種動植物不斷地出現。

◯ ❺ 經過許多年以後，　　Ⓔ 這個世界就熱鬧多了。

四　動詞填空

 挖　　 捏　　 沾　　 甩

1. 她很不喜歡臭豆腐，每次一聞到臭豆腐的味道，就馬上＿＿＿住鼻子。

2. 那個女孩把男孩的手＿＿＿開了，應該是男孩讓她生氣了吧。

3. 他在地上＿＿＿了很久，還是找不到以前放在上裡的東西。

4. 吃這種魚的時候，要是＿＿＿一下調味料，會更好吃。

五　思考與討論

有關人類是怎麼來的，也許有著不一樣的故事、不一樣的

說法，你聽過跟這個很像的故事嗎？你可以說說看嗎？

─文章改寫─

請用一百個字，寫出本課的內容。

_____

_____

_____

_____

_____

_____

_____

_____

_____

_____

_____

_____

_____

第二課

嫦娥奔月

按照古代傳說，神的十個兒子都是太陽，他們每天輪流出現，給人們帶來光明。突然有一天，十兄弟約好同時出現在天上，這讓天氣變得十分炎熱，農作物都死了，河流也乾枯了，人們既熱又渴，痛苦得要命。神射手后羿看到大家的生活這麼苦，非常不忍心，就爬到山上，用弓箭射下九個太陽。人們看到空中只剩下一個太陽，立刻激動得歡呼。后羿因此成為了英雄，受到人民喜愛，選他當國王。

當了國王以後，后羿的太太嫦娥就成為了皇后。沒想到后羿不但沒好好地管理國家，還越來越驕傲，嚴厲地對待他的人民，讓他們的生活過得非常辛苦。后羿還夢想著長生不老，這樣就能永遠擁有權力。嫦娥看到那樣的情況，內心難過極了。

有一天，后羿找來所有的大臣，要求他們非找到長生不老藥不可，否則他要處罰所有的人。大家都怕得要命，卻不得不聽后羿的命令，開始到處尋找長生不老的方法。有一天，一個老人來到王宮對后羿說，聽說有一座高山，山上住著王母娘娘，祂擁有吃下去就能長生不老的仙丹。后羿聽了欣喜若狂，立刻

騎馬趕到這座高山上，花了很久的時間，終於見到了王母娘娘。

后羿跟王母娘娘說明來這裡的目的，王母娘娘明白後，就從手裡拿出了一個葫蘆瓶，把葫蘆瓶給了后羿，接著說，瓶子裡有兩顆長生不老仙丹，一顆給你，一顆給嫦娥，只要你們在八月十五日那天晚上月圓時，把藥吃下去，就能長生不老，但千萬不可以貪心，一人只能吃一顆。

后羿得到仙丹後，興奮極了，回到王宮把這件事告訴嫦娥。月亮一天一天地圓起來了，嫦娥的心裡卻非常擔心八月十五日的到來。萬一后羿真的長生不老，將來百姓的生活一定會更痛苦的！

於是嫦娥計畫在八月十五月圓以前，偷走仙丹，阻止后羿吃下長生不老藥。可惜后羿一直隨身攜帶著，嫦娥連偷走它的機會都沒有。終於到了八月十五日那天，嫦娥靈機一動，對后羿說，吃仙丹以前，讓我們喝酒慶祝吧！后羿心情好得很，一杯接

著一杯地喝，結果就醉得睡著了。嫦娥趁著這個機會把仙丹偷走，卻不小心撞到了東西，把后羿吵醒了，他大聲地喊：「你怎麼偷拿我的仙丹！」

嫦娥怕仙丹被后羿搶走，心裡一著急，就把兩顆仙丹吞下肚，然後她的身體變得輕飄飄的，飛了起來，最後就飛到月亮上了。

專有名詞 Proper Noun

生詞	拼音	翻譯
01 嫦娥	Chángé	Chángé is the Moon Goddess in Chinese mythology.
02 后羿	Hòuyì	Hòuyì is the Lord Archer in Chinese mythology.
03 王母娘娘	Wángmǔ niángniáng	Wángmǔ niángniáng is the Queen Mother of the West in Chinese mythology.

本文生詞 Vocabulary

生詞	拼音	詞類	翻譯
04 奔	bēn	V	to rush to (somewhere)
05 傳說	chuánshuō	N	legend
06 輪流	lúnliú	Adv	to take turns
07 光明	guāngmíng	N	brightness
08 突然	túrán	Adv	suddenly
09 十分	shífēn	Adv	quite; very
10 炎熱	yánrè	Vs	extremely hot
11 農作物	nóngzuòwù	N	crops
12 河流	héliú	N	river
13 乾枯	gānkū	Vs	to be dried out
14 神射手	shénshèshǒu	N	the Lord Archer; master archer
15 忍心	rěnxīn	Vi	to be cruel
16 弓箭	gōngjiàn	N	bow and arrow
17 射下	shèxià	V	to shoot off
18 剩下	shèngxià	V	to be left with
19 歡呼	huānhū	V	to shout hooray; to cheer for

20	英雄	yīngxióng	N	hero
21	皇后	huánghòu	N	queen
22	驕傲	jiāo'ào	Vs	arrogant
23	嚴厲	yánlì	Vs	harsh
24	擁有	yǒngyǒu	V	to have; to own; to possess
25	內心	nèixīn	N	within one's mind
26	大臣	dàchén	N	Minister
27	要求	yāoqiú	V	to demand
28	否則	fǒuzé	Conj.	otherwise
29	處罰	chǔfá	V	to punish
30	命令	mìnglìng	N	orders
31	尋找	xúnzhǎo	V	to seek for
32	王宮	wánggōng	N	palace
33	仙丹	xiāndān	N	elixir
34	葫蘆	húlú	N	gourd
35	顆	kē	M	piece (a piece of something small and roundish)
36	千萬	qiānwàn	Adv	be sure to; must
37	貪心	tānxīn	Vs	greedy
38	於是	yúshì	Conj	thus
39	阻止	zǔzhǐ	V	to stop (someone) from (doing something)
40	攜帶	xīdài	V	to carry (something) with (someone)
41	醉	zuì	Vs	drunk
42	醒	xǐng	Vp	to awake

43 搶	qiǎng	V	to take away
44 著急	zhāojí	Vs	distraught; anxious
45 吞	tūn	V	to swallow

片語 Phrases

生詞	拼音	翻譯
46 欣喜若狂	xīnxǐ ruòkuáng	thrilled ; over the moon
47 輕飄飄	qīngpiāopiāo	floating like a feather

  選擇題

1 ( ) 這篇故事的主要內容跟什麼有關？

　　Ⓐ 后羿是怎麼成為人民喜愛的英雄的

　　Ⓑ 嫦娥是怎麼飄到月亮上去的

　　Ⓒ 長生不老藥是怎麼找到的

2 ( ) 后羿為什麼夢想著長生不老？

　　Ⓐ 想永遠當國王，擁有權力

　　Ⓑ 想和王母娘娘一樣變成神

　　Ⓒ 想和嫦娥長久地一起生活下去

3 ( ) 為什麼人們到處尋找長生不老的方法？

　　Ⓐ 找不到就會被后羿處罰

　　Ⓑ 謝謝后羿幫人民射下九個太陽

　　Ⓒ 希望后羿好好管理國家

4 ◯ 嫦娥為什麼飛到月亮上去了？

　　Ⓐ 她很貪心地吞下兩顆長生不老藥

　　Ⓑ 她不忍心看到人民的生活那麼苦

　　Ⓒ 她吞藥來阻止仙丹被后羿搶走

5 ◯ 嫦娥為什麼不願意看著后羿長生不老？

　　Ⓐ 擔心欣喜若狂的后羿太貪心

　　Ⓑ 擔心百姓的生活會變得更痛苦

　　Ⓒ 擔心自己的那顆仙丹會被搶走

6 ◯ 下面哪一個是錯的？

　　Ⓐ 仙丹得在八月十五月圓的那一天吃

　　Ⓑ 吃了仙丹，嫦娥的內心就不那麼難過了

　　Ⓒ 后羿因為當上了國王，才想得到長生不老藥

二　生詞填充

著急	葫蘆	欣喜若狂	突然
乾枯	於是	嚴厲	忍心
炎熱	貪心	阻止	農作物
搶	命令	醉	尋找

　　很久以前，有兩個兄弟，他們都是農夫。兄弟倆的個性很不一樣。哥哥喜歡幫助人，所以很受歡迎。弟弟覺得自己什麼都是對的，對人很_____，而且什麼都想要，很_____。

那一年，天氣十分＿＿＿＿＿＿，好幾個月沒下雨，河流都＿＿＿＿＿＿了。弟弟只想待在家裡，哥哥卻還是很努力地出門工作。有一天，他為了田裡的農作物到處＿＿＿＿＿＿哪裡有水時，看到一個＿＿＿＿＿＿，樣子很特別，＿＿＿＿＿＿就把它帶回家。

第二天，哥哥把葫蘆裝滿水，帶到田裡去工作。喝了好幾次水後，他＿＿＿＿＿＿發現，那個葫蘆裡的水會自動變多。他覺得這個葫蘆可以解決沒水的問題，就＿＿＿＿＿＿地跑回家跟弟弟說。

沒想到弟弟聽了，就把葫蘆＿＿＿＿＿＿過去，還＿＿＿＿＿＿他不能拿去幫助其他人。好心的哥哥不＿＿＿＿＿＿看著其他人受苦，每天心裡都＿＿＿＿＿＿得很。有一天他終於想出來一個辦法。他趁著弟弟生日，請他喝了很多酒，看著弟弟＿＿＿＿＿＿得醒不來，他就趕快把葫蘆拿去幫助大家。弟弟醒來以後，看到每個人田裡的＿＿＿＿＿＿都已經活過來了，他再生氣也沒辦法＿＿＿＿＿＿了。

三 句子配對

○ ❶ 十個太陽每天輪流出現，　Ⓐ 讓人們既熱又渴，活得很痛苦。

○ ❷ 十個太陽同時出現，　Ⓑ 可是后羿一直隨身攜帶著。

○ ❸ 后羿射下九個太陽以後，　Ⓒ 嫦娥的身體就變得輕飄飄的。

○ ❹ 嫦娥想阻止后羿吃下仙丹，　Ⓓ 可以給人們帶來光明。

○ ❺ 把兩顆仙丹吞下去以後，　Ⓔ 人們激動得歡呼，把他當成英雄。

四　完成句子

1. A：為什麼 2019 年澳洲（Àozhōu）大火會燒得那麼久？

   B：＿＿＿＿＿＿＿＿＿＿＿＿＿＿＿＿＿（炎熱／由於）

2. A：那個地方的農作物為什麼長不大？

   B：＿＿＿＿＿＿＿＿＿＿＿＿＿＿＿＿＿（十分／乾枯）

3. A：人擁有權力以後，為什麼很容易改變？

   B：＿＿＿＿＿＿＿＿＿＿＿＿＿＿＿＿（不是…就是…）

4. A：你怎麼知道她拿到獎學金了？

   B：＿＿＿＿＿＿＿＿＿＿＿＿＿＿＿＿＿（欣喜若狂）

5. A：為什麼越來越多人喝酒以後不開車了？

   B：＿＿＿＿＿＿＿＿＿＿＿＿＿＿＿＿＿＿（否則）

6. A：怎麼樣才會快樂？

   B：＿＿＿＿＿＿＿＿＿＿＿＿＿＿，就會快樂。（擁有）

7. 如果對孩子太嚴厲，＿＿＿＿＿＿＿＿＿。（…給…帶來…）

8. 這位教授的要求很嚴，如果要上那門課，＿＿＿＿＿＿。（千萬）

9. 她因為＿＿＿＿＿而被機場的人員＿＿＿＿＿。（攜帶／阻止）

10. 聽到自己要被處罰，＿＿＿＿＿＿＿＿＿＿。（著急）

五　思考與討論

1. 嫦娥為了保護人民吞下仙丹，飛到月亮上去了，你覺得值得嗎？如果你是嫦娥，會做什麼決定？

2. 后羿在得到權力以後，為什麼個性有那麼大的變化？

3. 嫦娥飄到月亮上後，你覺得她會不會覺得遺憾？為什麼？

4. 大臣們不想被處罰而到處尋找長生不老藥，你也曾經因為害怕而做了不一樣的選擇嗎？如果再選一次，你會有不一樣的決定嗎？

5. 如果可以改變結果，王母娘娘、后羿和嫦娥，你會勸誰改變決定？為什麼？

—文章改寫—

請用一百個字，寫出本課的內容。

—寫作—

請寫一個跟月亮有關的傳說。

第三課

白蛇傳

在中國的**西湖**邊有一個**動人**的愛情故事，這不是一般的愛情，而是人和**妖怪**的**戀情**。

故事裡一個名叫**許仙**的年輕人在湖邊**經營**著一家**藥鋪**。有一天，天上下著小雨，他看見兩個女孩在湖邊**躲雨**，他好心把傘送給了她們。這兩個美麗的女孩，一個穿著白色的衣服叫白素貞，另一個穿著青色衣服的女孩叫小青。許仙和白素貞一見**鍾情**，就結了婚，一起在西湖邊的藥鋪裡治病、救人。

白素貞和小青其實是兩條蛇，但是牠們沒有**害人**之心，並且已經在山裡**修行**千年了，最後變成了人的樣子。白素貞會**法術**，許仙懂得用藥，他們也幫助**窮人**治病，因此，很多人都知道西湖邊有一個又會治病又**善良**的人，藥鋪的生意非常好。這件事讓一個**和尚法海**聽到了，他去找許仙，而且一看

到許仙就告訴他，你的妻子不是人，是一條千年大蛇。他要許仙在端午節當天給白素貞喝下雄黃酒，這樣她就會變回原來蛇的樣子。

　　許仙本來不相信，但**出於好奇**，就在端午節時找妻子一起喝酒慶祝節日。白素貞喝醉了躺在床上，變回了一條白蟒蛇。許仙看見後，嚇了一大跳，就死了。白素貞為了把許仙救活，馬上飛上**仙山**，**冒著危險**去找藥草，最後救活了他。

　　法海發現，雖然許仙知道白素貞是妖怪，但還是愛著她。法海就把許仙騙到了金山寺，這次為了救出許仙，白素貞用法術和法海互鬥，她用大水淹沒了金山寺，同時也傷害了許多條生命。

　　許多的生命因為這段愛情而**犧牲**，白素貞也因此觸怒了天上的神，必須接受懲罰，可是她那個時候已經懷孕了。在生下孩子之後，白素貞被法海用法術壓在雷峰塔下面。於是小青就幫白素貞照顧許仙和孩子，一直到孩子長大之後，考上了狀元，才到塔下把母親白素貞救出來，全家最後團聚。

專有名詞 Proper Noun

生詞	拼音	翻譯
01 西湖	Xīhú	West Lake is a landmark in China.
02 許仙	Xǔxiān	Xǔxiān is the main human male character in this Chinese folklore.
03 白素貞	Báisùzhēn	Báisùzhēn (Lady White) is the white snake spirit in this Chinese folklore.
04 小青	Xiǎoqīng	Xiǎoqīng (Blue) is Lady White's maid in this Chinese folklore.
05 金山寺	Jīnshānsì	Golden Mountain Temple
06 雷峰塔	Léifēngtǎ	Léifēng Pagoda

本文生詞 Vocabulary

生詞	拼音	詞類	翻譯
07 蛇	shé	N	snake
08 傳	zhuàn	N	legend
09 動人	dòngrén	Vs	to touch one's heart
10 愛情	àiqíng	N	love
11 妖怪	yāoguài	N	spirit; monster
12 戀情	liànqíng	N	romance
13 藥鋪	yàopù	N	pharmacy
14 躲雨	duǒyǔ	V-sep	to take shelter from the rain
15 治病	zhìbìng	V-sep	to cure patients
16 救人	jiùrén	V-sep	to save lives
17 修行	xiūxíng	V	to cultivate spiritually
18 法術	fǎshù	N	magic; sorcery

⑲	窮人	qióngrén	N	the poor
⑳	善良	shànliáng	Vs	kind-hearted
㉑	和尚	héshàng	N	monk
㉒	妻子	qīzi	N	wife
㉓	蟒蛇	mǎngshé	N	python
㉔	仙山	xiānshān	N	Immortal Mountain
㉕	藥草	yàocǎo	N	herbs
㉖	互鬥	hùdòu	Vi	to fight against each other
㉗	淹沒	yānmò	V	to submerge
㉘	傷害	shānghài	V	to harm
㉙	犧牲	xīshēng	V	to sacrifice
㉚	觸怒	chùnù	V	to enrage
㉛	懲罰	chéngfá	V	to punish
㉜	懷孕	huáiyùn	V-scp	to bc prcgnant
㉝	壓	yā	V	to pin someone/something under
㉞	救活	jiùhuó		to revive; to resurrect

⟪ 片語 Phrases ⟫

	生詞	拼音	翻譯
㉟	一見鍾情	yíjiàn zhōngqíng	love at first sight
㊱	害人之心	hàirén zhīxīn	the intention to harm people
㊲	出於好奇	chūyú hàoqí	out of curiosity
㊳	冒著危險	màozhe wéixiǎn	to risk one's life

 選擇題

1 ◯ 這個故事為什麼特別？

    Ⓐ 因為和尚也會法術

    Ⓑ 因為這是人和妖怪的愛情故事

    Ⓒ 因為許仙和白素貞的孩子考上了狀元

2 ◯ 許仙是怎麼認識白素貞和小青的？

    Ⓐ 她們是許仙藥鋪的病人

    Ⓑ 她們是天上的神派來的

    Ⓒ 許仙把傘送給在湖邊躲雨的她們

3 ◯ 許仙為什麼跟白素貞結婚？

    Ⓐ 他對白素貞一見鍾情

    Ⓑ 白素貞也會幫病人治病

    Ⓒ 白素貞會法術

4 ◯ 許仙是怎麼發現白素貞是一個妖怪的？

    Ⓐ 因為是和尚法海跟許仙說的

    Ⓑ 因為和尚在端午節的時候給白素貞喝了雄黃酒

    Ⓒ 因為白素貞睡覺的時候變成了蟒蛇

5 ◯ 許仙為什麼死了又能活過來？

    Ⓐ 白素貞給他吃藥鋪裡的草藥

    Ⓑ 白素貞用法術

    Ⓒ 白素貞去仙山找草藥

6 ◯ 為什麼許仙發現白素貞是妖怪以後並沒有離開？

    Ⓐ 他很愛白素貞

    Ⓑ 他怕白素貞

    Ⓒ 他知道白素貞已經懷孕了

7 ◯ 天上的神為什麼要懲罰白素貞？

　Ⓐ 由於白素貞和人類結婚

　Ⓑ 白素貞為了救許仙而傷害了許多生命

　Ⓒ 白素貞不應該與和尚互鬥

8 ◯ 下面哪一個是錯的？

　Ⓐ 神因為死了很多人而生氣

　Ⓑ 許仙最後救出白素貞

　Ⓒ 白素貞被法海的法術壓在雷峰塔之下

9 ◯ 下面哪一個是對的？

　Ⓐ 許仙和家人最後不能團聚

　Ⓑ 小青因為觸怒天上的神而犧牲了生命

　Ⓒ 白素貞是被她的孩子所她救出來的

二 生詞填充

1 ◯ 在中國的西湖邊有一個＿＿的愛情故事。

　Ⓐ 感動　　　　Ⓑ 動人　　　　Ⓒ 感覺

2 ◯ 白素貞和小青沒有害人之心，並且在山裡＿＿多年，最後變成了人的樣子。

　Ⓐ 修理　　　　Ⓑ 練習　　　　Ⓒ 修行

3 ◯ 許仙本來不相信白素貞是一條大蛇，但出於＿＿，就在端午節時找白素貞一起喝酒慶祝節日。

　Ⓐ 好奇　　　　Ⓑ 奇怪　　　　Ⓒ 稀奇

4 ◯ 白素貞為了救死了的許仙，＿＿飛上仙山。

　Ⓐ 緊張　　　　Ⓑ 立刻　　　　Ⓒ 輕鬆

5 ◯ 「白蛇傳」的「傳」怎麼念？是什麼意思？

  Ⓐ zhuàn，傳記，一個人一生的故事

  Ⓑ chuán，傳簡訊，一個人用手機把訊息寄給另外一個人

  Ⓒ zhuǎn，右轉，往前走以後再往右

三 配對句子

◯ ❶ 故事裡一個名叫許仙的年輕人， Ⓐ 但還是深愛著她。

◯ ❷ 白素貞和小青其實是兩條蛇， Ⓑ 在湖邊開了一家藥鋪。

◯ ❸ 白素貞會法術，許仙懂得用藥， Ⓒ 但是牠們沒有害人之心。

◯ ❹ 雖然許仙知道白素貞是妖怪， Ⓓ 因此白素貞觸怒了神。

◯ ❺ 許多的生命因為這段愛情而犧牲， Ⓔ 所以藥鋪生意非常好。

四 完成句子

> 就算…，也… 不但…，而且… 因為…而…
>
> 既…又… 一…就…

1. 很多人都知道西湖邊有一個會治病、善良的人，因此藥鋪的生意非常好。

____

2. 白素貞會法術，許仙懂得用藥，他們也幫助窮人治病。

____

3. 許仙看到白素貞變成了白蟒蛇，嚇死了。

____

4. 許仙知道白素貞是妖怪，還是深愛著她。

_____

5. 白素貞找到救命草藥，把許仙救活了。

_____

五 詞語解釋

1. 一見鍾情

_____

2. 生意興隆

_____

3. 修行

_____

4. 出於好奇

_____

5. 冒著危險

_____

六 思考與討論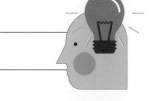

1. 如果是你，會不會跟許仙一樣，因為出於好奇而給白素貞喝雄黃酒呢？為什麼？

2. 在你的國家有沒有像「白蛇傳」這樣人妖戀的故事或是傳說？你能說說看嗎？故事最後的結局是什麼呢？

3. 你覺得你看過最動人的愛情電影是哪一部？是什麼樣的故事？為什麼你覺得很動人？

─文章改寫─

請用一百個字寫出本課的內容。

第二單元

歷史地理

熱帶雨林

04　熱帶雨林只占地球表面6%，卻擁有地球一半以上品種的野生動、植物以及昆蟲，這些生物可能只有1%是人類認識了解的。熱帶雨林會吸收二氧化碳、產生氧氣，地球上氧氣總量的40%，都是透過熱帶雨林產生的。另外，全球有四分之一藥品原料，都是從熱帶雨林中的植物來的，而且有70%醫學界已確定對醫治癌症是有用的。

　　亞馬遜雨林是地球的肺，有調節全球氣候的重要功能。最近幾年，砍樹開墾，大火不斷，熱帶雨林受到破壞，是這一世紀生態發展碰到過最嚴重的問題，也引起世界各國的注意。

　　亞馬遜雨林發生了好幾萬場的大火，主要是因為各種商業利益，人們透過燃燒砍樹的方式來開墾雨林，種植高經濟價值的農作物。但是在燃燒雨林時，空氣中的二氧化碳濃度提高，

太陽輻射熱傳到地球表面後，不容易再反射出去，累積的熱量讓全球平均氣溫上升，造成嚴重的「溫室效應」。再說，由於燃燒時火勢容易失控，因此雨林的面積不斷減少，原來在雨林中的生物恐怕也都會消失。由於土地少了樹木的保護，**土壤容易流失**，引起洪水，人們都會生活在危險中。

　　人類應該了解，保護熱帶雨林不只是為了自己，也是為了要讓其他生物以及資源能永遠留在地球上，否則最後受到傷害的不只是人類而已。破壞亞馬遜雨林的結果，就是世界各地會出現更多極端氣候，包括在一些地區發生極度乾旱、高溫、洪水以及**嚴寒**，四季變化可能會慢慢地消失。這些一天一天多起來的極端氣候讓人們明白，沒有亞馬遜雨林，就沒辦法阻止氣候變遷！

專有名詞 Proper Noun

生詞	拼音	翻譯
01 亞馬遜	Yǎmǎxùn	Amazon
02 輻射熱	fúshèrè	radiation heat
03 溫室效應	wēnshì xiàoyìng	Greenhouse effect

本文生詞 Vocabulary

生詞	拼音	詞類	翻譯
04 雨林	yǔlín	N	rainforest
05 表面	biǎomiàn	N	surface
06 野生	yěshēng	Vs-attr	wild
07 昆蟲	kūnchóng	N	insects
08 生物	shēngwù	N	creatures
09 吸收	xīshōu	V	to absorb
10 二氧化碳	èryǎnghuàtàn	N	carbon dioxide
11 產生	chǎnshēng	V	to produce
12 氧氣	yǎngqì	N	oxygen
13 總量	zǒngliàng	N	total amount
14 全球	quánqiú	N	globally; in the whole world
15 藥品	yàopǐn	N	medicine
16 原料	yuánliào	N	ingredient
17 確定	quèdìng	V	to be sure
18 癌症	áizhèng	N	cancer
19 肺	fèi	N	lung

⑳	調節	tiáojié	V	to regulate
㉑	砍樹	kǎnshù	V-sep	to chop down trees
㉒	破壞	pòhuài	V	to damage; to destroy
㉓	生態	shēngtài	N	eco-system
㉔	燃燒	ránshāo	V	to burn
㉕	種植	zhòngzhí	V	to plant
㉖	價值	jiàzhí	N	value
㉗	濃度	nóngdù	N	concentration
㉘	反射	fǎnshè	V	to reflect
㉙	累積	lěijī	V	to accumulate
㉚	熱量	rèliàng	N	energy
㉛	上升	shàngshēng	V	to increase
㉜	造成	zàochéng	V	to cause
㉝	火勢	huǒshì	N	severity of the fire
㉞	失控	shīkòng	Vi	out of control
㉟	土壤	tǔrǎng	N	soil
㊱	流失	liúshī	V	to be washed away
㊲	洪水	hóngshuǐ	N	flood
㊳	極端	jíduān	Vs	extreme
㊴	極度	jídù	Adv	to the utmost; the most severe
㊵	乾旱	gānhàn	N	drought
㊶	嚴寒	yánhán	N	freezing cold
㊷	變遷	biànqiān	V/N	to change

選擇題

1 ◯ 這篇文章要說什麼？

　　Ⓐ 熱帶雨林有很多生物。

　　Ⓑ 為什麼現在有極端氣候。

　　Ⓒ 我們應該保護熱帶雨林。

2 ◯ 熱帶雨林對人類來說為什麼很重要？

　　Ⓐ 熱帶雨林有很多動植物可以認識了解。

　　Ⓑ 熱帶雨林是可以調節氣候的自然生態。

　　Ⓒ 熱帶雨林有各種商業利益。

3 ◯ 熱帶雨林可以為地球產生多少的氧氣？

　　Ⓐ 幾乎一半

　　Ⓑ 一半以上

　　Ⓒ 四分之一

4 ◯ 為什麼最近幾年亞馬遜雨林一直發生大火？

　　Ⓐ 天氣極度乾旱。

　　Ⓑ 農民為了開墾而燃燒雨林。

　　Ⓒ 地球累積了太多的太陽輻射熱。

5 ◯ 「溫室效應」是怎麼來的？

　　Ⓐ 因為亞馬遜雨林在熱帶。

　　Ⓑ 燃燒雨林以後，沒有樹木阻止太陽輻射熱進到地球。

　　Ⓒ 二氧化碳濃度上升，氣溫也隨著上升。

6（　）雨林被破壞以後出現哪些情況？

　　Ⓐ 雨林燃燒以後，就沒有商業利益了。

　　Ⓑ 雨林裡的動植物減少。

　　Ⓒ 雨林變得更容易發生大火。

7（　）人類為什麼應該保護雨林？哪個不對？

　　Ⓐ 為了阻止氣候變遷。

　　Ⓑ 為了讓其他生物和資源永遠留在地球上。

　　Ⓒ 為了有更多的經濟利益。

二 生詞填充

產生	破壞	反射	肺	極端
占	變遷	阻止	生物	燃燒
洪水	失控	溫室效應	生態	乾旱
極度	野生	濃度		

　　過去這一年，引起全世界注意的一個新聞就是澳洲（Àozhōu, Australia）東部的大火，這場大火開始＿＿＿＿＿，是因為當地長時間的高溫和＿＿＿＿＿，而且夏季的風很強，火勢越來越大，情況＿＿＿＿＿，不但燒了好幾個月，還讓當地的＿＿＿＿＿受到嚴重的＿＿＿＿＿，許多＿＿＿＿＿動物死了，或是沒有了居住的地方，因為這次大火而受到影響的地方＿＿＿＿＿了澳洲土地的三分之二，尤其是在澳洲東部。

我們都知道經濟發展得越好，就需要越多的天然資源，因此人們就砍樹或是燃燒樹木來得到資源。可是亞馬遜雨林就好像地球的_____，不但可以吸收二氧化碳，還可以_____氧氣，但是雨林面積減少，除了會讓二氧化碳_____提高，還因為沒辦法把太陽輻射熱_____出去而使地球平均溫度越來越高，也就是我們說的「_____」。

　　因此，_____氣候也不斷地出現，引起氣候_____。這幾年不但有澳洲大火，還有本來常下雨的地方都變得_____乾旱，也有很多地方因為大雨不斷而引起_____，這些傷害下來，會嚴重影響人類的生活環境和國家經濟。讓我們好好地想一想，怎麼做才能_____這樣的情況，讓人類和其他_____、資源永遠留在地球上！

三　完成句子

1. A：為什麼我們說亞馬遜雨林是地球的肺？

   B：＿＿＿＿＿＿＿＿＿＿＿＿＿＿＿＿＿＿＿＿＿＿（透過）

2. A：為什麼熱帶雨林的植物在醫學上很重要？

   B：＿＿＿＿＿＿＿＿＿＿＿＿＿＿＿＿＿＿＿＿（不但…，還…）

3. A：這幾年為什麼亞馬遜雨林有那麼多大火？

   B：＿＿＿＿＿＿＿＿＿＿＿＿＿＿＿＿＿＿＿（由於…，因此…）

4. A：雨林消失會給人類帶來什麼影響？

   B：_____（不是…，就是…）

5. A：聽說住在這塊土地上的人們？這幾年靠燃燒雨林賺了很多

   錢，是真的嗎？

   B：對啊，_____（給…帶來…）

6. 人類應該了解，保護熱帶雨林_____

   （不是…，而是…）

7. 人們不應該再破壞雨林，_____（否則）

8. 這幾年很多地方發生大火，_____（包括／以及）

9. 我們應該保護消失中的雨林，_____（一來…，二來…）

四 句子配對

◯ ❶ 亞馬遜雨林是地球的肺，　　Ⓐ 就是造成更多的極端氣候。

◯ ❷ 醫治癌症的藥品原料　　　　Ⓑ 是透過熱帶雨林產生的。

◯ ❸ 破壞雨林的結果，　　　　　Ⓒ 有70%長在雨林中。

◯ ❹ 地球上氧氣總量的40%　　　Ⓓ 土壤容易流失，引起洪水。

◯ ❺ 由於土地少了樹木的保護，　Ⓔ 有調節全球氣候的重要功能。

五 思考與討論

1. 為什麼文章認為保護雨林就是在保護自然生態？你同意嗎？

2. 能說說什麼是「溫室效應」嗎？除了燃燒雨林，你的生活中，還有什麼可能造成「溫室效應」？

3. 極端氣候帶來了哪些氣候上的改變？在你的國家呢？

4. 你覺得政府應該做哪些事幫助減少二氧化碳的產生？

5. 你知道你生活中有哪些產品是從熱帶雨林來的嗎？

6. 你覺得在生活中可以怎麼做來影響身邊的人，一起做環保？

─短文寫作─

請用一百個字寫出本課的內容

第五課

大航海時代的台灣

05 　　十五世紀末到十七世紀這段時間就是歷史上的**大航海時代**，這也是人類歷史上一個**地理大發現**的時代。開往全世界的西歐航海艦隊，開始了一次又一次的**大規模遠洋航行**。亞洲的氣候潮濕，氣溫也高，這對習慣了乾燥氣候的歐洲人來說非常難耐。當時的衛生條件也不佳，在長時間航行的路途當中，生病而死的人相當多。但是**巨大**的貿易利益，還是驅動著大批的歐洲人去冒險。

　　有一個傳說，十六世紀時和日本從事貿易的葡萄牙人曾經在**太平洋**的航行間看到一座**島嶼**。島上高山起伏，美麗的風景令人難忘。因此葡萄牙的水手們對著這座島嶼喊出了 Ilha Formosa，意思是好美麗的島啊。這也就是台灣被稱作福爾摩沙的**由來**。

　　台灣現在還保存了當時歐洲人留下的建築，比方說台南安平有英國商人的德記洋行、台北淡水有西班牙人和和荷蘭人留下的紅毛城。這些古蹟就是大航海時代的歷史見證，都述說著

台灣和世界歷史的關係。

有一首知名的台語老歌「安平追想曲」，就是述說大航海時代的故事。一個荷蘭的醫生隨著航海艦隊來到了台灣安平，他和當地的女孩相戀，但又隨著艦隊回去了荷蘭。在安平等他回來的女孩生下了一個孩子，這個孩子卻從來沒等到父親回來。歌詞裡的感傷、浪漫，給人們留下無限想像。雖然大航海時代是一個商業和權力的競賽，還是有許多說不完的故事。

在歐洲的艦隊上，除了商人、水手、醫生和**士兵**以外，還有一個重要的人就是「傳教士」。十七世紀時，傳教士的工作不只是**宣傳基督宗教**，他們也必須管理和教育當地原住民，於

是開始把當地的語言寫成文字。台灣原住民最早的文字「**新港文書**」就是由荷蘭的傳教士用羅馬**字母**寫出來的，他們同時也建立了學校。後來荷蘭人離開了台灣，這套文字系統還是繼續使用著。靠著這套系統，原住民也記錄了祖先的歷史和文化。這些**紀錄**都讓後人有機會了解台灣的歷史，每一個時代都有移民進入這座島嶼。

隨著歐洲遠洋冒險的開始，台灣被世界看見，也和世界的許多國家一樣，經歷了被殖民統治的歷史。台灣也一直被稱作美麗的島，福爾摩沙。

專有名詞 Proper Noun

生詞	拼音	翻譯
01 大航海時代	Dàhánghǎi shídài	The Age of Sail
02 地理大發現	Dìlǐ dàfāxiàn	The Age of Discovery
03 葡萄牙人	Pútáoyá rén	Portuguese
04 太平洋	Tàipíngyáng	Pacific Ocean
05 福爾摩沙	Fúěrmóshā	Formosa
06 安平	Ānpíng	An píng is a district of Tainan City, Taiwan.
07 德記洋行	Déjì yángháng	Tait & Co. Merchant House
08 安平追想曲	Ānpíng zhuīxiǎngqǔ	Song of An píng Reminiscence
09 基督宗教	Jīdū zōngjiào	Christianity
10 新港文書	Xīngǎng wénshū	Sinkan Manuscripts
11 羅馬字母	Luómǎ zìmǔ	Roman alphabet

本文生詞 Vocabulary

生詞	拼音	詞類	翻譯
12 艦隊	jiànduì	N	fleet
13 大規模	dàguīmó	Adv	large-scale
14 遠洋	yuǎnyáng	Vs-attr	ocean
15 航行	hángxíng	V	to sail; to navigate by water
16 乾燥	gānzào	Vs	dry
17 路途	lùtú	N	route

⑱	巨大	jùdà	Vs	enormous
⑲	驅動	qūdòng	V	to drive
⑳	冒險	màoxiǎn	V-sep	to go on an adventure
㉑	間	jiān	Post	during
㉒	島嶼	dǎoyǔ	N	island
㉓	起伏	qǐfú	Vi	to move up and down
㉔	水手	shuǐshǒu	N	sailor
㉕	由來	yóulái	N	the reason why
㉖	保存	bǎocún	V	to preserve
㉗	見證	jiànzhèng	N	witness; testimony
㉘	述說	shùshuō	V	to tell; to describe
㉙	相戀	xiāngliàn	Vi	to fall in love
㉚	感傷	gǎnshāng	N	sentimental
㉛	無限	wúxiàn	Vs-attr	infinite
㉜	競賽	jìngsài	N	competition
㉝	士兵	shìbīng	N	soldier
㉞	傳教士	chuánjiàoshì	N	missionary
㉟	宣傳	xuānchuán	V	to preach
㊱	系統	xìtǒng	N	system
㊲	記錄	jìlù	V	to record
㊳	紀錄	jìlù	N	documentation
㊴	後人	hòurén	N	descendants
㊵	經歷	jīnglì	V	to go through

生詞	拼音	翻譯
㊶ 難耐	nánnài	hard to withstand
㊷ 大批	dàpī	a large number of
㊸ 令人難忘	lìngrén nánwàng	unforgettable
㊹ 喊出	hǎnchū	to shout
㊺ 被稱作	bèi chēngzuò	to be called as

 選擇題

1 ◯ 歐洲遠洋航行艦隊為什麼讓很多人犧牲了？

　　Ⓐ 船上水手的營養不夠

　　Ⓑ 潮濕的氣候和高溫

　　Ⓒ 要跟其他的國家和艦隊競賽

2 ◯ 「安平追想曲」主要述說著什麼樣的故事？

　　Ⓐ 孩子很想看看沒見過面的父親

　　Ⓑ 荷蘭醫生到台南安平的旅行經驗

　　Ⓒ 發生在兩個國家的浪漫愛情故事

3 ◯ 傳教士最重要的工作是什麼？

　　Ⓐ 管理和教育當地原住民

　　Ⓑ 宣傳基督宗教

　　Ⓒ 把當地的語言寫成文字

4 ◯ 台灣為什麼被稱作福爾摩沙？

Ⓐ 歐洲人覺得台灣是一個從事貿易的好地方

Ⓑ 傳教士發現那裡有很多原住民

Ⓒ 艦隊的水手們覺得台灣是一座美麗的島嶼

5 ◯ 根據安平追想曲裡述說的愛情故事，當時不太可能發生什麼情況？

Ⓐ 當地人和外國人同居

Ⓑ 有歐洲血統的孩子出生

Ⓒ 荷蘭醫生後來又搭船回來建立家庭

6 ◯ 哪一個不是大航海時代的建築？

Ⓐ 台南的赤崁樓

Ⓑ 新竹的火車站

Ⓒ 淡水的紅毛城

7 ◯ 下面哪一個跟新港文書有關的內容是錯的？

Ⓐ 是傳教士用羅馬字母寫成的

Ⓑ 這是當地原住民教傳教士寫的

Ⓒ 這是在十七世紀記錄原住民歷史和文化的書

8 ◯ 「後人」指的是誰？

Ⓐ 站在後面的人

Ⓑ 後面來的人

Ⓒ 下一代以後的人

9 ◯ 根據文章，哪一個不是台灣的特色？

Ⓐ 島嶼國家

Ⓑ 乾燥難耐

Ⓒ 風景美麗

二 生詞填充

航行	無限	不佳	驅動	大規模
見證	水手	大批	冒險	述說

1. 除了古蹟和文字系統，台語老歌也是大航海時代的歷史 _____。

2. COVID-19是這個時代一種_____流行的傳染病。

3. 為了宣傳宗教，_____的傳教士離開了自己的家鄉。

4. 「安平追想曲」裡述說的故事，讓人覺得_____感傷。

5. 這次比賽，他因為不習慣亞洲的潮濕氣候，所以表現 _____。

6. 朋友認真地聽他_____自己的夢想和計畫。

7. 在海上長時間的_____需要很大的體力。

8. 宣傳宗教是_____傳教士到別的國家去的最主要原因。

9. _____的工作很辛苦，而且還要長時間在船上生活。

10. 大航海時代的人們就是因為有_____精神，才有地理大 發現。

三　句子配對

○ ❶ 台灣被稱作福爾摩沙

○ ❷ 巨大的貿易利益

○ ❸ 傳教士宣傳基督宗教，

○ ❹ 當時留下的建築和紀錄

○ ❺ 衛生條件不佳和高溫，

Ⓐ 都是大航海時代的歷史見證。

Ⓑ 讓航行路途當中死了不少人。

Ⓒ 是因為美麗的風景令人難忘。

Ⓓ 是驅動著歐洲人去冒險的原因。

Ⓔ 也用羅馬字母記錄當地的語言。

四　完成句子

1. A：去過的什麼地方會讓你想再去一次？為什麼？

   B：＿＿＿＿＿＿＿＿＿＿＿＿＿＿＿＿＿＿＿（令人難忘）

2. A：為什麼有的人喜歡照相，有的人喜歡看老照片？

   B：＿＿＿＿＿＿＿＿＿＿＿＿＿＿＿＿＿＿＿（保存）

3. A：為什麼有不少傳教士願意離開自己的國家？

   B：＿＿＿＿＿＿＿＿＿＿＿＿＿＿＿＿＿＿＿（宣傳）

4. A：為什麼大航海時代到處旅行的人不多？

   B：＿＿＿＿＿＿＿＿＿＿＿＿＿＿＿＿＿＿＿（路途）

5. A：為什麼台灣被稱作福爾摩沙呢？

   B：＿＿＿＿＿＿＿＿＿＿＿＿＿＿＿＿＿＿＿（由來）

6. A：為什麼大家知道要保護環境，但是卻還是忍不住開冷氣？

   B：＿＿＿＿＿＿＿＿＿＿＿＿＿＿＿＿＿＿＿（難耐）。

7. ＿＿＿＿＿＿＿＿＿＿＿＿＿為原住民的歷史留下紀錄。（系統）

8. 我喜歡把每天發生的事寫下來，＿＿＿＿＿＿＿＿（記錄）。

9. 不管是古蹟或是文字，＿＿＿＿＿＿＿＿＿（後人/紀錄）。

10. 台灣是一座太平洋上的島嶼，＿＿＿＿＿＿＿＿（起伏）。

五 思考與討論

1. 除了德記洋行和紅毛城以外，你還知道哪些台灣的古蹟？

2. 請說說貴國也有第二個名字嗎？請說明由來。

3. 貴國也經歷過殖民統治嗎？或是曾經殖民過其他國家呢？請說說有關的歷史。

4. 大航海時代的歐洲人為了貿易，不斷地到新環境冒險，你也願意到不認識的地方工作或是生活嗎？是什麼驅動著你呢？

5. 愛上和自己不同國家的人，有時候覺得難過，有時候覺得幸福，你或是身邊的人有這樣的經驗嗎？請你想像一下，相處的時候也許會碰到什麼困難或是有趣的事呢？

6. 被稱作福爾摩沙的台灣，到處都有美麗的風景，請你說說自己在這座島嶼上旅行的經驗。

─短文寫作─

請用一百個字寫出本課的內容

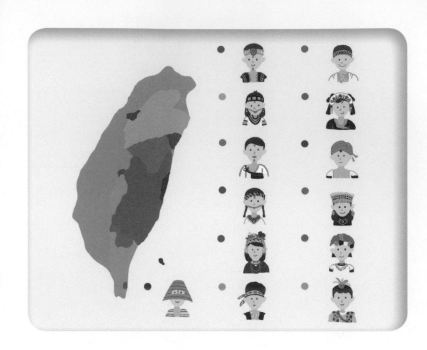

06 「原住民」，顧名思義，就是原來就已經住在一塊土地上的人民，他們在其他種族遷移到這塊土地以前，就生活在一樣的部落，有自己的語言、宗教信仰、階級制度、農業或狩獵方式等，也就是有自己的文化和社會制度的族群。

至於台灣的原住民，原來居住在不同的地區，因為地理環境的特色而發展出自己的文化。但當時只有原住民語言，沒有文字，一直到十六、七世紀，荷蘭殖民台灣時才有文字的紀錄，也才讓我們更了解各原住民族文化的不同和多樣性。

原住民族生活裡所有吃的、用的都來自大自然，在進到現代文明世界以前，透過祭典來表達對天地萬物和大自然的尊敬和感謝，這也影響了各族階級、服裝、音樂、圖騰或器具的發展。要了解原住民文化，就先從祭典來看吧。

根據研究，台灣原住民十六族各有不同特色的祭典。要是在三月到七月間到台灣東邊一個小島「蘭嶼」旅行，不但能欣賞到島上美麗的風景，也可以在附近海上看到不斷跳出的飛魚，甚至還可以看到島上許多穿著丁字褲的雅美（達悟）族人，他們站在用特別的藝術眼光和技術做出來的船上，舉行「飛魚祭」，謝謝大海帶來大量飛魚。在這段時間雅美族人遵守許多規定和禁忌，祈求豐收，讓雅美族人成為台灣唯一有海洋島嶼文化的一族。

　　像這樣感謝豐收的重要祭典幾乎每一族都有，除了雅美族的「飛魚祭」，還有族人數量最多的阿美族，每年七、八月舉行「豐年祭」；祭

典最多的布農族在四、五月舉行「小米播種祭」等，除了用歌舞來慶祝農作豐收以外，更希望透過年紀和階級的分工，讓他們的社會制度可以永遠保存。

　　另外，說到宗教信仰，原住民族相信天地萬物、自然現象或祖先，都有「靈」，這也是形成祭典的一個重要原因。傳說在賽夏族人居住的地區有許多力氣大、動作快並且懂巫術的矮人，教導賽夏族人許多技能，改善了賽夏族人的生活，後來因

為常欺負賽夏族女性，被賽夏族人都殺了，從那時候開始賽夏族人的生活就開始碰到困難，因此賽夏族人決定祭拜矮人的「靈」，就產生了「**矮靈祭**」。

除了祭典，因為地理環境的不同，各族的**房舍**、狩獵方式、農業器具都各有各的特色，是讓台灣文化多元的重要**資產**，但是隨著社會的發展，並且受到**外來文化**的影響，許多原住民文化正在慢慢消失，因此一起保護和重視，才能讓這些原住民文化永遠傳下去。

《 專有名詞 Proper Noun 》

	生詞	拼音	翻譯
01	蘭嶼	Lányǔ	Orchid Island
02	丁字褲	Dīngzìkù	Breechclout
03	雅美（達悟）族	Yǎměi(Dáwù)zú	The Yami (Tao)
04	飛魚祭	Fēiyújì	Flying Fish Festival
05	阿美族	Āměizú	The Amis
06	豐年祭	Fēngniánjì	Harvest Festival
07	布農族	Bùnóngzú	The Bunun
08	小米播種祭	Xiǎomǐ bòzhǒngjì	Festival of Planting Seeds; Minpinan; inpinagna
09	賽夏族	Sàixiàzú	The Say-Siyat
10	矮靈祭	Ǎilíngjì	Pas-ta'aì, spirit of Short-stature People Ceremony

《 本文生詞 Vocabulary 》

	生詞	拼音	詞類	翻譯
11	種族	zhǒngzú	N	race, ethnicity
12	部落	bùluò	N	tribes
13	信仰	xìnyǎng	N	faith, belief
14	階級	jiējí	N	hierarchy
15	狩獵	shòuliè	V	to hunt
16	等	děng	Post	etc., and so on
17	族群	zúqún	N	ethnic group
18	地區	dìqū	N	area

⑲	多樣性	duōyàngxìng	N	variety, diversity
⑳	來自	láizì	V	to come from
㉑	文明	wénmíng	N	civilization
㉒	祭典	jìdiǎn	N	fiesta, fectival, ceremony
㉓	萬物	wànwù	N	everything on earth
㉔	感謝	gǎnxiè	V	to appreciate
㉕	圖騰	túténg	N	totem
㉖	器具	qìjù	N	daily use items, tools, utensils
㉗	眼光	yǎnguāng	N	vision, taste
㉘	大量	dàliàng	Det/Adv	largely, in large quantities
㉙	禁忌	jìnjì	N	taboo
㉚	祈求	qíqiú	V	to pray
㉛	唯一	wéiyī	Vs-attr	only
㉜	小米	xiǎomǐ	N	millet
㉝	播種	bòzhǒng	V-sep	to sow
㉞	分工	fēngōng	Vi	to divide the work
㉟	現象	xiànxiàng	N	phenomenon
㊱	靈	líng	N	spirit
㊲	巫術	wūshù	N	witchcraft
㊳	技能	jìnéng	N	skill
㊴	欺負	qīfù	V	to bully
㊵	祭拜	jìbài	V	to worship
㊶	房舍	fángshè	N	aboriginal house
㊷	資產	zīchǎn	N	asset

片語 Phrases

生詞	拼音	翻譯
㊸ 顧名思義	gùmíngsīyì	as the name implies
㊹ 豐收	fēngshōu	good harvest; abundance
㊺ 外來	wàilái	foreign, external

 選擇題

1 ◯ 下面跟原住民有關的說法，哪個不對？

Ⓐ 原住民建立的生活方式都跟自然有直接的關係

Ⓑ 原住民是第一個住在那個地方的民族

Ⓒ 原住民傳統階級制度的建立是受到外來文化的影響

2 ◯ 下面跟台灣原住民有關的祭典，哪個對？

Ⓐ 阿美族舉辦飛魚祭是為了感謝大海給他們帶來飛魚

Ⓑ 賽夏族舉辦小米播種祭是希望透過祭典讓他們的宗教
信仰能傳下去

Ⓒ 豐年祭是阿美族在夏天最重要的祭典活動

3 ◯ 台灣雅美族的文化特色是什麼？

Ⓐ 是台灣其中一個跟島嶼文化有關的原住民族

Ⓑ 他們的祭典是在船上舉行的

Ⓒ 透過階級分工讓社會制度能繼續下去

4（　　）台灣賽夏族矮靈祭是怎麼來的？

　　Ⓐ 為了感謝矮人對賽夏族人的幫助

　　Ⓑ 為了表達對大自然的感謝

　　Ⓒ 為了減少矮靈給他們生活帶來的困難

5（　　）根據研究，下面哪個跟台灣原住民文化有關的說法
　　　　是錯的？

　　Ⓐ 現代人是透過原住民自己建立的文字紀錄了解他們
　　　 文化發展的

　　Ⓑ 原住民各族的圖騰、使用的器具都因為環境不同而
　　　 發展出自己的特色

　　Ⓒ 原住民原來是居住在台灣不同的地區，都有自己的
　　　 語言和祭典

二 生詞填充

淹沒	狩獵	播種	部落	派
巫術	豐收	處罰	筋疲力竭	驕傲
收成	欺負	教導	挖　器具	感謝

〔A〕

　　很久以前，賽夏族人還不知道怎麼_____和使用農業_____。有時候天氣不好，蔬菜水果的_____很差，他們只好到山裡面去_____。全部的族人一起出去，大家努力了一天，_____，但是得到的食物並不多，就只好餓肚子，日子過得辛苦極了。他們_____的頭目（leader）發現族人沒有食物吃，就只好再_____人出去狩獵。

去山裡狩獵的其中一個年輕人走著走著，忽然發現一條小路，自己一個人走過去，他想回去和其他人說話時，卻發現自己迷路了。他緊張了起來，一不小心就掉到很深的山下了。等他醒了以後，聽到有人唱歌的聲音，就趕快躲到樹後面。忽然他看見一些矮矮黑黑的人坐著，他們不到一百公分高，唱著奇怪的歌，他們中間放著很多的蛇。隨著矮黑人的歌舞，蛇一條一條地離開了。那個年輕人想著：「這些矮黑人好像會＿＿＿＿＿＿＿，也許可以請他們＿＿＿＿＿＿我的族人怎麼讓我們的農作物＿＿＿＿＿。」

因此他走進山洞去，矮黑人頭目聽了他的說明，很快就答應幫助他的族人。但是他提出了一個條件，就是將來農作物收成的一部分要送給他們。

矮黑人到了賽夏族部落以後，族人的生活終於變好了！舉行慶祝豐收的祭典時，矮黑人頭目＿＿＿＿＿地對賽夏族人說：「你們都是因為得到矮黑人的幫助，才能有現在的生活！你們應該＿＿＿＿＿＿我們！」矮黑人因為知道怎麼種農作物、狩獵，又會法術，他們就開始＿＿＿＿＿賽夏族女性，讓賽夏族人受不了了，決定把矮黑人殺了。賽夏族人在祭典舉行以前，＿＿＿＿＿了一個洞，趁著矮黑人喝醉的時候，把他們丟進洞裡去，最後他們都死了。

矮黑人死了以後，居然下了好幾個月的雨，賽夏族人住的地方都被＿＿＿＿＿了，好多人也死掉了。忽然矮黑人頭目出現了，他說：「以前的事情就算了，我來教你們唱矮靈祭歌，你們要好好地唱，否則還是會受到我們的＿＿＿＿＿。」。於是賽夏族每年的豐收祭典就變成了矮靈祭，希望能透過歌舞，讓族人能過著平安的生活。

〔B〕

現象　　　情形

1. 洪水以及颱風都是自然＿＿＿＿＿＿，人類很難阻止或是避免。

2. 最近沒下雨，乾旱問題嚴重，農作物生長＿＿＿＿＿＿不佳。

祭拜　　　祭典　　　祈求

1. 許多人在除夕時，都得回家＿＿＿＿＿＿祖先，感謝祖先，
＿＿＿＿＿＿生活能平安順利。

2. 雖然每個國家文化各有特色，但是有不少民族透過舉辦＿
＿＿＿＿＿＿，慶祝豐收。

間　　　等

1. 原住民各族階級、服裝、器具＿＿＿＿＿＿發展，多少都受到大
自然的影響。

2. 為了避免發生意外（accident），飛機航行＿＿＿＿＿＿，請盡
量別站起來到處走。

1. 許多年輕人透過上傳照片到網站上，_____每天生活發生的事情。

2. 台北今天氣溫39度，打破了去年最高溫的_____。

三 完成句子

1. A：為什麼每年三月蘭嶼總是吸引大量觀光客去旅行？

   B：_____（不但…，甚至還…）

2. A：這幾年許多台灣小學生透過學校教育，對原住民文化有了更多的了解。

   B：太好了，_____（這樣一來／資產）

3. A：布農族舉辦小米播種祭的目的是什麼？

   B：_____（…一方面…，另一方面…）

4. A：傳統原住民利用什麼方式來表達他們對大自然的尊敬？

   B：_____（透過）

5. A：為什麼原住民越來越不了解自己的文化了？

   B：＿＿＿＿＿＿＿＿＿＿＿＿＿＿＿＿＿＿（隨著⋯的影響）

6. A：台灣十六族原住民的農業器具以及狩獵方式都一樣嗎？

   B：＿＿＿＿＿＿＿＿＿＿＿＿＿＿＿＿＿＿（各V各的N）

四 句子配對

○ ❶ 因為有荷蘭人的文字紀錄　　Ⓐ 是讓台灣文化多元重要的資產。

○ ❷ 原住民相信自然現象都有「靈」，　　Ⓑ 這也影響了各族圖騰的發展。

○ ❸ 原住民透過祭典表達對自然的尊敬，　　Ⓒ 而發展出不同的原住民文化。

○ ❹ 因為居住的地理環境不同　　Ⓓ 這是形成祭典的主要原因。

○ ❺ 原住民各族的房舍以及農業器具　　Ⓔ 才讓現代人更明白原住民文化的多樣性。

五 字詞／詞語解釋

1. 顧名思義 _____

2. 多樣性 _____

3. 唯一 _____

4. 禁忌 _____

六 思考與討論

1. 你們國家有原住民嗎？他們的文化有什麼特色？

2. 對原住民文化慢慢消失的問題，你們國家有沒有什麼保護的政策？

3. 你參加過或是看過什麼原住民祭典？在舉行祭典時，什麼令你難忘？

4. 根據課文，哪個台灣原住民祭典最吸引你？為什麼？

5. 原住民相信天地萬物都有「靈」，你的文化也有這樣的說法嗎？

請用一百個字寫出本課的內容

第三單元

科技

07　　隨著智慧型手機的出現，顛覆了人類的生活，許多以前只有在科幻片中才會出現的生活方式，現代人輕而易舉就能做到。對他們來說，手機不但可以用來聯絡，更是擁有多種功能的智慧型工具。

　　它讓人的生活變得更簡單，不必像從前那樣，只有透過電腦才能上網；現在只要有手機，隨時隨地都能做現場直播，經營自己的社群媒體，讓人跟人的交流不再受限於空間；手機導航讓人們可以用最快的速度到達目的地；電子遊戲平台也不再侷限於電腦以及遊戲機上；消費者不必攜帶現金或信用卡，透過電子錢包也能繳費或購物；觸控功能也讓手機的使用更容易上手，甚至連一歲的孩子也知道怎麼用。

　　這一切讓手機慢慢地成為了生活當中的一個「必需品」。對一些沉迷於網路世界的人來說，失去手機就像失去了身體的

一部分，就算是在搭車、在餐廳吃飯，甚至是走路時，也能看到有人不停地低頭滑手機，也因此出現了「低頭族」、「科技冷漠」等的新名詞。

智慧型手機的出現雖然給人們的生活帶來許多便利，讓人們能更容易地互相聯絡，但也有相當大的負面影響。比方說一些朋友在吃飯時，**表面上大家看起來在聚餐**，但實際上每個人都各玩各的手機，沉浸在自己的小小世界裡，**回著一封又一封的訊息**，滑一則又一則的**貼文**，讓人跟人的關係好像隔著一道牆一樣地遠。

但另一方面，手機又能打破面對面說不出口的**障礙**，比如說爭吵以後，**無法互相道歉的僵局**，就能透過手機訊息，表達心裡的想法，讓關係再一次恢復。

雖然手機出現的時間並不長，但是對人類卻造成非常深的影響，如何好好地利用手機的便利功能，避免它帶來的負面影響，是人類得好好考慮的。

本文生詞 Vocabulary

	生 詞	拼 音	詞 類	翻 譯
01	如何	rúhé	Adv	how
02	顛覆	diānfù	V	to change enormously
03	科幻片	kēhuàn piàn	N	science-fiction
04	聯絡	liánluò	V	to contact
05	工具	gōngjù	N	tool; gadget
06	直播	zhíbò	V	to live-stream
07	社群	shèqún	N	social community
08	空間	kōngjiān	N	space; room
09	導航	dǎoháng	Vi	to navigate
10	到達	dàodá	V	to arrive; to reach
11	目的地	mùdìdì	N	destination
12	平台	píngtái	N	platform
13	消費者	xiāofèizhě	N	consumer
14	觸控	chùkòng	V	to touch (screen)
15	上手	shàngshǒu	Vi	easier to get started
16	必需品	bìxūpǐn	N	essential things; necessities
17	失去	shīqù	V	to lose
18	滑	huá	V	to swipe
19	冷漠	lěngmò	Vs	unconcerned, indifferent
20	名詞	míngcí	N	noun
21	互相	hùxiāng	Adv	mutually

	生詞	拼音		翻譯
㉒	負面	fùmiàn	Vs	negative
㉓	沉浸	chénjìn	Vi	to be immersed
㉔	回	huí	V	to reply
㉕	則	zé	M	a piece of (news/particular writing)
㉖	貼文	tiēwén	N	post
㉗	障礙	zhàngài	N	obstacle
㉘	爭吵	zhēngchǎo	V	to argue; to quarrel; to fight verbally
㉙	無法	wúfǎ	Adv	unable to
㉚	道歉	dàoqiàn	Vi	to apologize
㉛	僵局	jiāngjú	N	deadlock

片語 Phrases

	生詞	拼音	翻譯
㉜	輕而易舉	qīngéryìjǔ	with ease
㉝	受限於	shòuxiàn yú	be limited to
㉞	侷限於	júxiàn yú	be restricted to
㉟	沉迷於	chénmí yú	be addicted to
㊱	表面上	biǎomiàn shàng	on the surface
㊲	隔著	gézhe	be separated by

 選擇題

1 ◯ 為什麼智慧型手機比以前的手機更容易上手？

　　Ⓐ 透過電子錢包就能繳費和購物

　　Ⓑ 讓人跟人的交流不再受限於空間

　　Ⓒ 手機的觸控功能連一歲的孩子也會用

2 ◯ 下面哪一個不是智慧型手機的特色？

　　Ⓐ 不必透過電腦就能連線

　　Ⓑ 不必打開手機就能直播

　　Ⓒ 不必攜帶現金就能付錢

3 ◯ 哪一件事是現代人沒辦法透過手機做到的？

　　Ⓐ 導航功能也可以幫人開車

　　Ⓑ 工作的時候做現場直播

　　Ⓒ 爭吵以後傳訊息道歉

4 ◯ 在智慧型手機出現以後看不到什麼情況？

　　Ⓐ 和家人朋友相處時更熱情聊天

　　Ⓑ 把自己的影片上傳到社群媒體上

　　Ⓒ 在捷運和公車上有很多低頭族

5 ◯ 哪一個不是智慧型手機可能產生的負面影響？

　　Ⓐ 沉迷於網路世界

　　Ⓑ 手機變成了生活必需品

　　Ⓒ 人和人的關係變遠了

二 生詞填充

> 貼文　　道歉　　直播　　負面　　回
> 不再　　失去　　平台　　消費者　　沉浸

王大文常常在網路＿＿＿＿＿＿上＿＿＿＿＿＿賣手機。

前幾天有＿＿＿＿＿＿在社群媒體上＿＿＿＿＿＿，文章的內容主要在說王大文販賣的產品有問題，不但價格比較高，連簡單的功能都無法使用。他本來想等到調查好了再到網路上＿＿＿＿＿＿訊息，沒想到這幾天越來越多人罵他，說他在騙人，還要他出來＿＿＿＿＿＿。

這個＿＿＿＿＿＿的新聞讓大文＿＿＿＿＿＿不少客戶，一直＿＿＿＿＿＿在難過的感覺裡。幸虧後來那家手機公司的人貼了新的文章，把事情解釋清楚，網路上買了那些手機的消費者才＿＿＿＿＿＿怪他。

三 句子配對

○ ❶ 智慧型手機的觸控功能　　Ⓐ 可是一定要記得帶手機

○ ❷ 現在的人「機不離手」　　Ⓑ 只要把手機打開就可以了

○ ❸ 太沉迷於使用手機　　Ⓒ 可能會帶來很多負面影響

○ ❹ 出門可以忘了帶錢包　　Ⓓ 手機就像身體的一部分

○ ❺ 要是想做現場直播　　Ⓔ 讓人只需要用手點一下就可以用

○ ❻ 透過手機訊息　　Ⓕ 可以把爭吵後的僵局打破

四 完成句子

1. 除了手機以外，＿＿＿＿＿＿＿＿＿＿＿＿＿＿＿＿（必需品）

2. ＿＿＿＿＿＿＿＿＿＿＿＿成為很多人每天都會做的事。（直播）

3. A：智慧型手機的出現，把很多以前不可能做到的事變得可能。

   B：對啊！＿＿＿＿＿＿＿＿＿＿＿＿＿＿＿＿（輕而易舉）

4. A：還好有手機和電腦，讓不能出門的學生也能學習。

   B：沒錯，＿＿＿＿＿＿＿＿＿＿＿＿＿＿＿＿（受限於）

5. A：我不太懂「科技冷漠」這個名詞，那是什麼意思呢？

   B：＿＿＿＿＿＿＿＿＿＿＿＿＿＿＿＿＿＿（隔著）

6. A：我上個星期和朋友發生爭吵，到現在還是個僵局，怎麼辦？

   B：＿＿＿＿＿＿＿＿＿＿＿＿＿＿＿＿＿＿（打破）

7. A：為什麼不少父母會限制孩子使用手機和網路的時間？

   B：＿＿＿＿＿＿＿＿＿＿＿＿＿＿＿＿＿＿（沉迷於）

8. A：我們迷路了，三十分鐘前應該就要到達目的地的。

   B：＿＿＿＿＿＿＿＿＿＿＿＿＿＿＿＿＿＿（導航）

9. A：她本來不是很喜歡玩遊戲機嗎？最近為什麼不玩了？

   B：＿＿＿＿＿＿＿＿＿＿＿＿＿＿＿＿＿＿＿（不再…了）

10. A：那部科幻片，為什麼那麼受歡迎？

   B：＿＿＿＿＿＿＿＿＿＿＿＿＿＿＿＿（顛覆／想像）

   A：好的科幻片讓我們知道未來有很多種可能。

五 思考與討論

1. 智慧型手機有很多功能，要是以後能增加新功能，你會希望是
   什麼？為什麼？

2. 智慧型手機讓人跟人的關係好像變近了，也好像變遠了，請說
   說你的看法。

3. 因為智慧型手機，生活裡哪些用品消失了呢？你可以想像沒有
   手機的生活嗎？

4. 有的父母很擔心孩子長時間使用手機，不希望他們沉迷於網路
   世界，為了避免關係緊張，你覺得父母應該怎麼做？

5. 你有沒有自己的社群媒體？如果有，可以說說你是怎麼經營的
   嗎？如果沒有，你會不會想試試看？

6. 你常上網看直播嗎？你試過在網路平台上做現場直播嗎？最近
   哪些主題比較受歡迎呢？請推薦幾個。

─短文寫作─

請用一百個字寫出本課的內容

第八課

移民火星

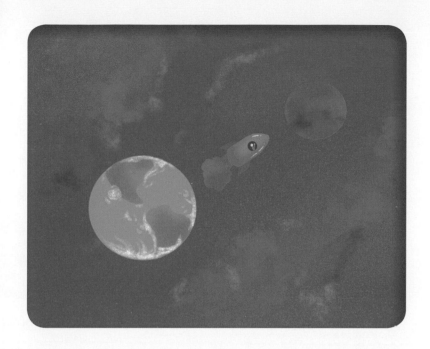

08　如果有機會到火星去旅行，甚至是移民到火星，你有興趣嗎？

隨著科技文明的發展，**環遊世界**已經不是**遙不可及**的夢想，國和國的界線也變得比較模糊。生活在這個世界的人們也普遍相信，人類並不**孤單**，**宇宙**中也許還有其他智慧生物存在。**此外**，地球的人口增加**導致**資源不足，氣候、環境和生態都越來越糟糕，各種原因加在一起，讓人們開始思考離開地球，到其他的星球建立新世界。

這幾十年來，很多科幻片內容都跟火星有關，新聞裡也看得到火箭或是**探測機**登陸的消息。**太陽系**裡有那麼多的星球，火星為什麼**雀屏中選**呢？讓我們先來認識一下**太空**中的火星吧。

火星比地球小，只有地球的一半，兩地的時間大概差三十九分鐘。雖然火星上也有四季，可是時間比較長，一般來說，火星的一年大概是地球時間的 1.88 年。根據 2020 年的研究，坐火箭從地球**出發**到火星大概要六到八個月的時間，可是

由於離太陽比較遠，因此火星上的溫度比地球低得多，平均只有攝氏零下五十五度，另外，火星的大氣很稀薄，只有地球的百分之一。

根據科學家的研究，跟其他星球比起來，火星上雖然有的地方適合人類居住，但是因為缺乏氧氣、溫度太低，而且有輻射的關係，人們只能待在洞穴中或是建築裡。**哈佛大學**的研究團隊為了解決上面所說的困難，想出了利用超輕、有透光性，還有超強隔熱功能的「**矽氣凝膠**」來提高火星表面的溫度，他們認為這麼做甚至可以在火星的土地上種出植物來。

至於怎麼縮短兩地的旅行時間，有一間有名的美國民間航太公司，計畫用一種特製的火箭，期望能將時間縮短到三個月以內。除了這家公司，世界上還有很多國家和企業也都對這個新世界的發展有很大的興趣。未來的生活有可能變成你和家人朋友，有人住在地球，有人在火星工作，大家討論著休假的時候要到哪裡去拜訪親友，現在在火星可以種出哪些東西什麼的。在我們的身邊，也可能會出現從另外一個星球來學習或是工作的人。

你呢？敢冒險嗎？對未來的生活有什麼想像呢？

專有名詞 Proper Noun

生詞	拼音	翻譯
01 火星	Huǒxīng	Mars
02 太陽系	Tàiyángxì	Solar System
03 哈佛大學	Hāfó dàxué	Harvard University

本文生詞 Vocabulary

生詞	拼音	詞類	翻譯
04 環遊	huányóu	V	to travel around
05 界線	jièxiàn	N	boundary; border
06 模糊	móhú	Vs	vague
07 宇宙	yǔzhòu	N	universe
08 中	zhōng	N	inside
09 存在	cúnzài	Vi	to exist
10 此外	cǐwài	Conj	besides
11 導致	dǎozhì	V	to result in; to cause
12 不足	bùzú	Vs-pred	insufficient; not enough
13 糟糕	zāogāo	Vs	bad, terrible
14 星球	xīngqiú	N	planet
15 火箭	huǒjiàn	N	rocket
16 探測機	tàncèjī	N	rover
17 登陸	dēnglù	Vi	to land
18 太空	tàikōng	N	outer space
19 出發	chūfā	V	to launch; to depart
20 攝氏	shèshì	N	Celsius

㉑	大氣	dàqì	N	atmosphere
㉒	稀薄	xībó	Vs	thin
㉓	科學家	kēxuéjiā	N	scientist
㉔	居住	jūzhù	V	to live; to dwell
㉕	缺乏	quēfá	V	to lack
㉖	洞穴	dòngxuè	N	cave
㉗	團隊	tuánduì	N	team
㉘	解決	jiějué	V	to solve
㉙	超	chāo	Adv	super
㉚	透光性	tòuguāngxìng	N	translucency
㉛	隔熱	gérè	Vi	heat-proof
㉜	縮短	suōduǎn	V	to shorten; to decrease; to lessen
㉝	民間	mínjiān	N	private; non-governmental (organization)
㉞	航太	hángtài	Vs-attr	aerospace
㉟	特製	tèzhì	V	to be customized
㊱	將	jiāng	Ptc	disposal marker like「把」; to dispose of something
㊲	未來	wèilái	N	future

《 片語 Phrases 》

	生詞	拼音		翻譯
㊳	遙不可及	yáobùkějí		unreachable; out of reach
㊴	雀屏中選	quèpíng zhòngxuǎn		to get the nod; to be chosen
㊵	所V的	suǒ V de		as mentioned per V
㊶	矽氣凝膠	xìqìníngjiāo		silica aerogel

一　選擇題

1 ◯ 「國和國的界線變得比較模糊」的意思是什麼？

　　Ⓐ 許多國家的風俗習慣都變得差不多一樣

　　Ⓑ 到其他國家去好像到國內城市一樣容易和方便了

　　Ⓒ 人們對「什麼是國家」這樣的想法慢慢消失了

2 ◯ 為什麼人們開始考慮移民到其他星球去？哪個不對？

　　Ⓐ 因為科技，這個夢想不再遙不可及

　　Ⓑ 人類發現宇宙有跟自己很像的生物

　　Ⓒ 地球居住環境變得越來越糟糕

3 ◯ 下面跟火星有關的訊息，哪個對？

　　Ⓐ 地球的大小只有火星的一半

　　Ⓑ 火星的氧氣很稀薄，不夠人類使用

　　Ⓒ 火星只有冬季，氣溫一般都在攝氏零度以下

4 ◯ 為什麼文章說，火星並不是一個適合的居住地點？

　　Ⓐ 為了避免輻射，人類只能住在洞穴裡

　　Ⓑ 火星表面溫度太高

　　Ⓒ 火星上有太多「矽氣凝膠」，導致土地種不出植物來

5 ◯ 下面有關文章的內容，哪一個不對？

　　Ⓐ 將來人類能利用假期搭火箭去外星球看親戚朋友

　　Ⓑ 幾個可能適合人類移民的星球當中，火星雀屏中選的
　　　　主要原因是因為它的環境跟地球很像

　　Ⓒ 未來搭火箭去火星，只需要花三十九分鐘

 生詞填充

遙不可及	團隊	缺乏	此外
宇宙	縮短	未來	火箭
民間	居住	星球	雀屏中選

　　你曾經想像過＿＿＿＿＿＿＿＿人類能在＿＿＿＿＿＿＿＿中旅行嗎？你還認為這是一個＿＿＿＿＿＿＿的夢想嗎？NASA＿＿＿＿＿＿表示，計畫讓一般人搭著＿＿＿＿＿，飛往國際太空站（ISS）。到底是什麼樣的人能＿＿＿＿＿＿＿，有這種特別的經驗呢？

　　NASA說，＿＿＿＿＿＿在國際太空站（ISS）的價錢每晚大概是三萬五美金（USD），每次最多可以待三十天；坐火箭來回一趟的價格最少要五千多萬美金。由於到太空旅遊相當貴，一家＿＿＿＿＿航太公司設計出了價格比較低而且能＿＿＿＿＿到太空站時間的方式。這種方式能讓參加者大概有5、6分鐘，在＿＿＿＿＿重力（gravity）時感覺身體輕飄飄的，還能有從太空站看其他＿＿＿＿＿，這樣令人難忘的經驗。

　　＿＿＿＿＿＿＿＿，到太空旅遊的人，健康條件也很重要。參加這個計畫的人體力跟健康情況必須和專業太空人（astronaut）差不多，並且能接受NASA的安排以及檢查，最後也得通過考試才行。

三　完成句子

1. A：根據文章介紹，將來人類居住在火星上，卻不得不住在洞穴的原因是什麼？

   B：＿＿＿＿＿＿＿＿＿＿＿＿＿＿＿＿＿＿＿＿＿＿（既…又…）

2. A：你所想像的火星生活是一個什麼樣的世界？

   B：＿＿＿＿＿＿＿＿＿＿＿＿＿＿＿＿＿＿＿＿＿＿（所 V 的…）

3. A：科學家要怎麼提高火星的溫度？

   B：＿＿＿＿＿＿＿＿＿＿＿＿＿＿＿＿＿＿＿＿＿＿＿（靠）

4. A：「矽氣凝膠」，對人類將來遷移到火星有什麼幫助？

   B：＿＿＿＿＿＿＿＿＿＿＿＿＿＿＿＿＿＿（除了…甚至…）

5. A：為什麼對現代人來說，環遊世界的夢想比以前更容易實現了？

   B：＿＿＿＿＿＿＿＿＿＿＿＿＿＿＿＿＿＿＿＿＿＿（隨著）

6. A：為什麼人類有想居住在其他星球的想法？

   B：＿＿＿＿＿＿＿＿＿＿＿＿＿＿＿＿＿＿＿＿＿＿（由於）

2019 年得到諾貝爾物理學獎（Nobel Prize）的Michel Mayor，在1995 年就發現第一顆可能有其他生物存在的太陽系星球。從那時候起，其他研究人員也慢慢地發現超過四千顆太陽系星球。只是那些都沒有適合人類居住的環境，就算有，距離地球最近的星球，幾乎也得花上好幾年才能到。此外，科學家必須特製出一個能讓人類生活的太空船。人類也必須想辦法解決長時間在宇宙旅行可能會有的問題，以及缺乏重力可能對身體帶來的影響。

　　地球離太陽不遠也不近，如果太近，地球表面溫度太高，動植物就無法活著；如果太遠，就會因為溫度太低而不適合人類生活。再說，把全球人口都遷移到外星球是不可能的；人類也捨不得放棄在地球上建立的一切。如果真的非遷移到外星球不可，政府應該選擇什麼樣的人來讓人類文明繼續下去呢？

　　因此，Michel Mayor 認為，人類是不可能移民到其他星球的，想著移民到太空去，不如好好地解決地球氣候變遷的議題。

1（　）根據這篇文章的說法，不支持實行像太空移民這樣的計畫。

2（　）根據這篇文章內容，像地球這樣適合人類居住的星球並不存在。

3（　）根據這篇文章的說法，只要製造出適合人類生活的太空船，就能順利地遷移到外星球居住。

4（　）根據Michel Mayor 的研究，有其他生物在太陽系的星球上。

思考與討論

1. 如果有機會，你考慮移民到其他星球居住嗎？為什麼？

2. 除了文章的介紹，你認為居住在其他星球，會碰到什麼樣的困難？

3. 你認為如果遷移到火星，生活在那裡的人還會提到自己是從地球上哪一個「國家」來的嗎？

4. 根據文章的內容，火星的一年是地球時間的1.88年，你認為遷移到火星的人，對時間的感覺會有什麼改變？比方說，你會不會覺得時間過得特別慢？

5. 如果能遷移到其他星球，你能在那裡從事哪方面的行業？

6. 你認為許多國家跟大企業對發展火星這個新世界有興趣的主要原因是什麼？

—短文寫作—

請用一百個字寫出本課的內容

第九課
減少碳排放

越來越多人對全球天氣異常的現象感覺到憂心忡忡，不管是一年比一年更常聽到的熱浪、寒流、霾害、乾旱等問題，或是有的地方夏天不但一點都不熱還下雪，冬天卻反而變得很溫暖等，都讓人擔心了起來。雖然還是有人不相信地球暖化正在發生，可是種種變化都在警告我們，氣候的確變得不太正常了。

造成地球暖化的原因，其實原因很多，像是環境汙染、空氣汙染、雨林被破壞等等，其中最主要的是溫室氣體忽然增加，導致地球平均溫度也跟著上升。因此世界各地的極端氣候就更常出現，這些改變一個接著一個，造成的環境變化是讓人措手不及的。動植物的生命、人類的健康和國家的經濟，都受到很大的影響，甚至引起傳染病的發生。還有學者認為，受到極端氣候的影響，冬天天氣變得

暖和的國家，人們待在**室外**的時間長了；夏天出現高溫的國家，人心更容易亂，所以做壞事的人也多了起來。

　　而且隨著地球暖化，**南極冰層融化**的速度也**加快**了，這會造成**海平面上升**。根據研究，要是海平面上升七公尺，全世界很多國家的**沿海**地區都會被淹沒。也有科學家悲觀地表示，未來**北極**部分地區的冰層在夏天的時候甚至會消失。此外，科學家發現，冰層融化的現象，連**鯨魚**都得改變不同的唱歌方式才能**適應**新變化，來繁衍下一代。

　　那麼，要怎麼減少溫室氣體的排放呢？**目前**可以做，也一定要做的就是「減少碳排放」。要做到的**關鍵**，得從改變生活習慣開始，比方說夏天上班的時候可以穿得舒服、涼快一點，不一定要穿得那麼正式。這樣一來，可以減少開冷氣的機會，就算要開，溫度也不必開得太低；還有，可以把穿

過的衣服集中起來，到一定的量再洗，家裡的電燈、電器也可以換成節能的，可以省電、省水。

在食物方面，除了多吃青菜、少吃肉以外，多吃當地的、當季的，不但可以減少包裝、運輸，還能減少冰箱用電。在交通方面，多搭車、少開車；可以再利用的東西一定要做好資源回收，而且要減少使用塑膠產品等，平常也要把所學到這方面的新知識運用在生活中。

人是習慣的動物，要改變舊習慣雖然不容易，而且知易行難，可是為了讓人類能在地球上住得更久，地球溫度的增加必須控制在攝氏1.5°以內。根據專家的建議，在2030年以前全世界必須減少百分之五十的碳排放，就讓你我從自己的生活開始，為地球做一點努力吧。

專有名詞 Proper Noun

生詞	拼音	翻譯
01 南極	Nánjí	South Pole; Antarctica
02 北極	Běijí	North Pole; Arctic

本文生詞 Vocabulary

生詞	拼音	詞類	翻譯
03 異常	yìcháng	Vs	abnormal
04 熱浪	rèlàng	N	heat wave
05 寒流	hánliú	N	cold spell; cold snap; cold wave
06 霾害	máihài	N	smog; haze damage
07 乾旱	gānhàn	N	drought
08 反而	fǎnér	Conj	instead
09 警告	jǐnggào	V	to warn
10 的確	díquè	Adv	indeed
11 暖化	nuǎnhuà	Vp	warming up
12 氣體	qìtǐ	N	gas
13 生命	shēngmìng	N	life
14 傳染病	chuánrǎnbìng	N	infectious diseases
15 學者	xuézhě	N	scholar
16 室外	shìwài	N	outdoors
17 冰層	bīngcéng	N	ice sheet
18 融化	rónghuà	V	to melt, to thaw
19 加快	jiākuài	V	to accelerate
20 海平面	hǎipíngmiàn	N	sea level

㉑	沿海	yánhǎi	N	coast; seashore
㉒	悲觀	bēiguān	Vs	pessimistic
㉓	鯨魚	jīngyú	N	whale
㉔	適應	shìyìng	V	to adapt to; to get used to
㉕	目前	mùqián	N	at present; for now
㉖	關鍵	guānjiàn	N	the point; the key
㉗	集中	jízhōng	V	to collect, to gather
㉘	量	liàng	N	amount
㉙	電器	diànqì	N	appliances
㉚	包裝	bāozhuāng	N	packaging
㉛	運輸	yùnshū	N	transportation
㉜	知識	zhīshì	N	knowledge
㉝	運用	yùnyòng	V	to use; to apply
㉞	控制	kòngzhì	V	to control

片語 Phrases

	生詞	拼音	翻譯
㉟	碳排放	tànpáifàng	carbon emissions
㊱	憂心忡忡	yōuxīnchōngchōng	worried; anxiety-ridden
㊲	種種	zhǒngzhǒng	all kinds of; all sorts of
㊳	跟著	gēnzhe	to follow; to ensue; to come along
㊴	措手不及	cuòshǒubùjí	to catch someone off guard
㊵	節能	jiénéng	energy-saving
㊶	用電	yòngdiàn	electric power consumption
㊷	知易行難	zhīyìxíngnán	easier said than done

1 ◯ 感覺到憂心忡忡，意思是？

    Ⓐ 感覺壓力很大

    Ⓑ 覺得非常擔心

    Ⓒ 感到傷心痛苦

2 ◯ 哪一個是天氣正常的現象？

    Ⓐ 有的地方夏天有熱浪和乾旱。

    Ⓑ 有的地方冬天不但不冷，反而異常溫暖。

    Ⓒ 霾害一年比一年多。

3 ◯ 地球暖化最大的原因是？

    Ⓐ 空氣污染

    Ⓑ 雨林被破壞

    Ⓒ 溫室氣體的增加

4 ◯ 下面哪個不對？

    Ⓐ 動植物的生命和人類的健康也受到地球暖化的影響。

    Ⓑ 科學家說因為極端氣候，因此南北極的冰層會更快增加。

    Ⓒ 有些國家冬天變暖，也讓壞人增加。

5 ◯ 為什麼有些國家的沿海地區快要被淹沒了？

    Ⓐ 因為雨林被破壞，導致越來越多地方淹水。

    Ⓑ 因為全球越來越多地方下雪。

    Ⓒ 因為南極的冰層融化得太快，造成海平面上升。

6 （　） 怎麼讓溫室氣體排放變慢？

  Ⓐ 減少碳排放。

  Ⓑ 夏天多開冷氣。

  Ⓒ 多吃肉，少吃青菜。

7 （　） 下面哪一項不是減少碳排放的方法？

  Ⓐ 省電省水。

  Ⓑ 多開車，少搭車。

  Ⓒ 做好資源回收。

8 （　） 哪個不是讓溫室氣體排放變慢的方法？

  Ⓐ 地球溫度的增加控制在攝氏1.5°以內。

  Ⓑ 在未來30年減少一半以上的碳排放。

  Ⓒ 人類改變生活習慣。

 一 連連看

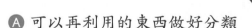

❶ 省電

❷ 減少包裝

❸ 省水

❹ 減少運輸

❺ 資源回收

Ⓐ 可以再利用的東西做好分類

Ⓑ 上班穿得涼快一點

Ⓒ 少開車

Ⓓ 穿過的衣服等一定的量再洗

Ⓔ 吃當季、當地的青菜、水果

Ⓕ 換用節能電器

Ⓖ 自己種青菜

Ⓗ 減少開冷氣的機會

Ⓘ 少吃肉

Ⓙ 多搭車

三 生詞填充

憂心忡忡	措手不及	關鍵	警告	量
知易行難	反而	的確	加快	融化
適應	集中	運用		

1. 科學家＿＿＿＿＿＿新知識讓南北極的冰層＿＿＿＿＿＿速度變慢。

2. 大家都對地球暖化的現象＿＿＿＿＿＿，專家也提出＿＿＿＿＿＿，希望大家多重視這方面的問題。

3. 那場森林大火來得既急又快，讓人＿＿＿＿＿＿，風太強也＿＿＿＿＿＿了大火燃燒的速度。

4. 減少碳排放的＿＿＿＿＿＿是人類要改變生活習慣，但是＿＿＿＿＿＿，很多人做不到。

5. 在台北生活要購買垃圾袋，所以很多人會把垃圾＿＿＿＿＿＿到一定的＿＿＿＿＿＿才拿出去倒。

6. 很多父母因為捨不得而替孩子做很多事，＿＿＿＿＿＿造成孩子在生活上不能獨立。

7. 我同意他的說法，到國外留學，＿＿＿＿＿＿需要花一段時間＿＿＿＿＿＿。

四 句式練習 1

多／少 V 一點 　　　　V（得）Vs 一點 　　　Vs 一點
V 一點 　　　　　　一點都不 Vs

1. 夏天上班的時候，可以穿＿＿＿＿＿＿＿＿＿＿、
＿＿＿＿＿＿＿＿＿＿，這樣可以減少開冷氣的機會。

2. 有的國家冬天天氣變得比較暖和，待在室外的時間可以
＿＿＿＿＿＿＿＿＿＿，所以做壞事的人也多了起來。

3. 把穿過的衣服集中起來，等衣服量＿＿＿＿＿＿＿＿＿＿再洗，
可以省電、省水。

4. 多吃青菜、少吃肉，不但可以＿＿＿＿＿＿＿＿＿＿包裝、運
輸，還能＿＿＿＿＿＿＿＿＿＿冰箱用電。

5. 要是可以＿＿＿＿＿＿＿＿＿＿塑膠產品，也可以減少碳排放。

6. 減少碳排放，就讓你我從自己的生活開始，為地球
＿＿＿＿＿＿＿＿＿＿努力吧！

7. 現在在世界上，有的地方夏天不但＿＿＿＿＿＿＿＿＿＿，甚至
還下雪。

8. 為了讓人類能在地球上住得＿＿＿＿＿＿＿＿＿＿，地球溫度的
增加必須控制在攝氏1.5°以內。

9. 做資源回收＿＿＿＿＿＿＿＿＿＿，就從你我做起吧。

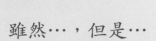

五 句式練習 2

雖然…，但是…　　　不但…，甚至（還）…

就算…，也…　　　　連…都…

像是…等　　　　　隨著…，…也跟著…

1. 食物多吃當地的，＿＿＿＿＿＿可以減少包裝、運輸，
＿＿＿＿＿＿可以減少冰箱用電。

2. 地球暖化的原因很多，＿＿＿＿＿＿環境、空氣的污染、雨
林被破壞＿＿＿＿＿＿都是。

3. 科學家發現，因為暖化，＿＿＿＿＿＿鯨魚＿＿＿＿＿＿得
改變唱歌的方式才能適應新變化來繁衍。

4. ＿＿＿＿＿＿還是有人不相信地球暖化正在發生，＿＿＿＿
種種變化都讓我們知道氣候的確不太正常了。

5. ＿＿＿＿＿＿溫室氣體的增加，地球平均溫度＿＿＿＿＿＿
上升。

6. 夏天要減少開冷氣的機會，＿＿＿＿＿＿要開，溫度＿＿＿＿
不必開得太低。

六 動詞練習

1. ＿＿＿＿＿＿地球暖化的原因很多，其中最主要的是溫室氣
體忽然增加，＿＿＿＿＿＿地球平均溫度也跟著上升。（導
致、造成）

2. ＿＿＿＿＿＿＿＿＿研究，要是海平面上升七公尺，會＿＿＿＿＿＿＿世界許多國家的沿海地區淹沒在海裡。（造成、根據）

3. 極端氣候的出現，讓動植物的生命、人類的健康和國家的經濟都＿＿＿＿＿＿＿很大的影響，甚至＿＿＿＿＿＿＿傳染病的發生。（受到、引起）

4. ＿＿＿＿＿＿＿＿專家的建議，人類應該在 2030 年以前減少百分之五十的碳排放，否則會＿＿＿＿＿＿＿更大規模乾旱現象。（引起、根據）

七　思考與討論

1. 在你的國家，有沒有因為地球暖化而引起的氣候異常現象？是在哪個季節？造成什麼樣的影響呢？

2. 新冠肺炎（xínguàn fèiyán, COVID-19）的發生，人類大量減少旅遊和商業活動，你認為對減少碳排放有沒有影響？環境污染因此改善了嗎？

3. 除了文章裡說的，你在生活中還做什麼來省水省電？你會推薦大家怎麼做來節省能源？

4. 在臺灣，我們做資源回收，除了塑膠、紙類、電腦等，還回收舊衣服，在你的國家呢？你們怎麼做呢？

5. 要是有些國家為了經濟發展而不願意控制碳排放量，你認為別的國家可以怎麼做？應該懲罰他們嗎？

第四單元

社會

相信現代人對「人口老化」、「社會高齡化」這些問題都已經不陌生，因為這是許多國家共同的社會問題，這個問題就是一個國家高齡人口到達一定的比例，因為照顧和醫療的經費，以及人員不足而造成國家經濟上的負擔，但是年紀多大算是「高齡」？多少人算是「多」呢？

根據世界衛生組織（WHO）的定義，65歲以上人口占全國人口的7%稱作「高齡化社會」；占14%是「高齡社會」；到達20%就是「超高齡社會」了。根據政府每年做的人口調查顯示，臺灣1993年已經是「高齡化社會」，2018年也跨越了14%的界線，成為「高齡社會」，專家預估，只要再過8年，也就是2026年，臺灣就將跟日本一樣，是「超高齡社會」了。

人口老化，除了跟公共衛生和生活環境改善、醫療科技進步有關，人民重視營養和運動也因此降低了死亡率，另外，還

有一個更關鍵的原因就是「少子化」。一來是由於社會競爭和經濟壓力太大，二來是年輕人價值觀改變，造成「保持單身」、當「頂客族」和「離婚」的人一直增加，也導致出生人口不斷下降，人口結構改變。社會當中的工作人口扶養一個老人的比例因此有很大的改變，2007年時有7.1位可以扶養老人，到了2050年時卻將降到1.5位，等這樣的經濟需求大到工作人口無法負擔時，一定會嚴重衝擊國家經濟！

在一些比臺灣早成為高齡社會的歐洲國家，都有值得臺灣學習的經驗。在2005年就已經是高齡社會的荷蘭，多年前，一位年輕人去拜訪住在養老

院的爺爺時，看到一些老奶奶編織圍巾的技巧很值得學習，就找了一些年輕的設計師，為老奶奶們設計流行的商品。商品推出以後大受歡迎，他們因此進入了年輕族群的世界，更發展出了「青年與老年」結合的創業模式。這不但減少了老年人孤單和被社會遺忘的感覺，分擔了政府的責任，也讓文化能不斷地傳下去。

在瑞士的聖加侖市有一種銀行叫做「時間銀行」，年紀滿了60歲，身心健康，喜歡和人作伴的人，經過**訓練**和面談，就可以申請去服務超過80歲的**年長者**。這些服務的時間可以存在「時間銀行」的**帳戶**裡，等到自己將來需要用到時，就可以從「時間銀行」提出來用。要是還沒用完就過世，還可以讓別人使用，真是個利人利己的辦法啊！

人類壽命越來越長，臺灣對銀髮族長時間照顧（長照）的政策還在發展和**規劃**中，包括教育、**娛樂**、運動等，但是除了政府的努力，更需要每個人的支持和**配合**，因為你我都走在流動的時間裡，誰能不老呢？

專有名詞 Proper Noun

生詞	拼音	翻譯
01 世界衛生組織	Shìjiè wèishēng zǔzhī	World Health Organization; WHO
02 瑞士	Ruìshì	Switzerland
03 聖加侖市	Shèngjiālún shì	St. Gallen City

本文生詞 Vocabulary

生詞	拼音	詞類	翻譯
04 高齡化	gāolínghuà	Vp	aging (society)
05 老化	lǎohuà	Vp	aging
06 陌生	mòshēng	Vs	unfamiliar
07 比例	bǐlì	N	percentage; ratio
08 定義	dìngyì	N	definition

09	顯示	xiǎnshì	V	to show; to indicate
10	跨越	kuàyuè	V	to exceed; to cross over
11	預估	yùgū	V	to estimate
12	降低	jiàngdī	V	to reduce
13	死亡率	sǐwánglǜ	N	mortality rate
14	少子化	shǎozǐhuà	Vp	low fertility rate; low birth rate
15	保持	bǎochí	V	to stay; to keep
16	頂客族	dǐngkèzú	N	DINK = double incomes no kids
17	離婚	líhūn	V-sep	divorce
18	下降	xiàjiàng	V	to decrease
19	結構	jiégòu	N	structure
20	扶養	fúyǎng	V	to support (elders)
21	需求	xūqiú	N	demand
22	衝擊	chōngjí	V	to impact
23	養老院	yǎnglǎoyuàn	N	nursing home
24	編織	biānzhī	V	to knit
25	圍巾	wéijīn	N	scarf
26	技巧	jìqiǎo	N	skill; technique
27	青年	qīngnián	N	young people; youngster
28	與	yǔ	Conj	and
29	結合	jiéhé	V	to combine Ⓐ with Ⓑ; combination
30	創業	chuàngyè	Vi	entrepreneurial
31	模式	móshì	N	model
32	遺忘	yíwàng	V	to forget; be forgotten

㉝	分擔	fēndān	V	to share
㉞	作伴	zuòbàn	V-sep	to keep someone company
㉟	訓練	xùnliàn	V	to train
㊱	年長者	niánzhǎngzhě	N	elders
㊲	帳戶	zhànghù	N	account
㊳	壽命	shòumìng	N	lifespan
㊴	銀髮族	yínfǎzú	N	seniors
㊵	規劃	guīhuà	V	to plan
㊶	娛樂	yúlè	N	entertainment
㊷	配合	pèihé	N	cooperation
㊸	流動	liúdòng	Vi	in the flow of (time)

《 片語 Phrases 》

生詞	拼音	翻譯
㊹ 利人利己	lìrén lìjǐ	to benefit others and oneself

 選擇題

1 ◯ 高齡化社會可能會出現什麼問題？

　　Ⓐ 衛生條件不佳

　　Ⓑ 醫療科技進步

　　Ⓒ 照顧經費很大

2 ◯ 是什麼導致出生率不斷下降？

　　Ⓐ 社會人口老化

　　Ⓑ 價值觀的改變

　　Ⓒ 扶養需求增加

3 ◯ 為什麼高齡人口多，會嚴重衝擊國家經濟？

　　Ⓐ 需要準備更營養的食物給人民

　　Ⓑ 工作人口扶養老人的比例提高

　　Ⓒ 政府必須很努力改善生活環境

4 ◯ 文章裡的那位荷蘭青年怎麼幫助老人呢？

　　Ⓐ 讓一些年輕的設計師學習新技巧

　　Ⓑ 到養老院去拜訪老爺爺和老奶奶

　　Ⓒ 發展出青年與老年結合的創業模式

5 ◯ 哪一個不是「時間銀行」的特色？

　　Ⓐ 只要有興趣的人都可以申請服務年長者

　　Ⓑ 服務者過世以後存在銀行的時間可以讓別人用

　　Ⓒ 想和老人作伴的人要先經過訓練和面談

6 ◯ 什麼是「頂客族」？

　　Ⓐ 喜歡去朋友家作客的人

　　Ⓑ 夫妻兩人都工作，沒有孩子的人

　　Ⓒ 常去年長者家的照護人員

7 ◯ 「銀髮族」是指什麼樣的人？

　　Ⓐ 年紀大的人

　　Ⓑ 銀色頭髮的人

　　Ⓒ 頭髮顏色漂亮的人

二 生詞填充

單身	扶養	配合	離婚	銀髮族
下降	規劃	作伴	創業	頂客族
養老院	帳戶			

　　李爺爺和李奶奶有三個孩子，大兒子因為自己開公司，_____壓力大，和太太的感情越來越差，去年_____了。二兒子和太太本來想當_____，不想要有孩子，後來因為想有人_____，所以在結婚十年後終於生了小孩。老三對自己現在的生活很滿意，沒想過要結婚，想一直保持_____。

　　在李奶奶過世以後，孩子們覺得_____父母是孩子的責任，提出和李爺爺一起住的想法，可是他拒絕了。因為他習慣早睡早起，和孩子的生活模式不一樣，不能互相_____，再加上他對自己的生活做了很多的_____，不必擔心會無聊。他甚至計畫好，等自己的活動能力_____了，需要人照顧的時候，因為銀行_____裡還存了一些錢，可以住進_____。他覺得這樣不但能減輕孩子的經濟壓力，還能認識更多的_____朋友呢！

三　句子配對

○　❶ 社會人口老化的問題　　Ⓐ 讓人口結構出現很大的變化。

○　❷ 申請去時間銀行服務　　Ⓑ 就能結合不同年紀的特色來創業。

○　❸ 專家預估不久以後　　　Ⓒ 最直接的原因就是少子化。

○　❹ 社會競爭和價值觀改變　Ⓓ 是一個利人利己的辦法。

○　❺ 照顧和醫療經費增加　　Ⓔ 台灣就會進入超高齡社會。

○　❻ 只要努力想想辦法　　　Ⓕ 是因為人類壽命越來越長

四　完成句子

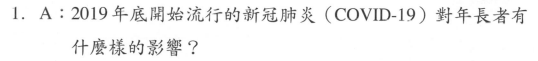

1. A：2019 年底開始流行的新冠肺炎（COVID-19）對年長者有
　　　什麼樣的影響？

　　 B：＿＿＿＿＿＿＿＿＿＿＿＿＿＿＿＿＿＿＿（死亡率）

2. A：隨著醫療的進步，給很多國家帶來什麼樣的社會問題？

　　 B：＿＿＿＿＿＿＿＿＿＿＿＿＿＿＿＿＿＿＿（比例）

3. A：書裡面提到，那位參觀養老院的年輕人，為什麼會對老奶
　　　奶編織的圍巾很有興趣？

　　 B：＿＿＿＿＿＿＿＿＿＿＿＿＿＿＿＿＿＿＿（技巧）

4. A：為什麼老年人容易覺得孤單，想找人作伴？

　　 B：＿＿＿＿＿＿＿＿＿＿＿＿＿＿＿＿＿（被…遺忘）

5. A：不想結婚也不想生孩子的人變多，會造成什麼問題？

　　 B：＿＿＿＿＿＿＿＿＿＿＿＿＿＿＿＿＿＿＿（下降）

6. A：怎麼知道年紀多大算是高齡？社會上有多少高齡人口算是
　　　多呢？

　　 B：＿＿＿＿＿＿＿＿＿＿＿＿＿＿＿＿＿（根據…定義）

7. A：台灣大概從什麼時候開始會跟日本一樣變成
「超高齡社會」呢？

　　B：_____（預估）

8. A：在台灣，傳統上一般父母對孩子有什麼期望呢？

　　B：_____（扶養）

9. A：青年與老年結合的創意模式有那些好處？

　　B：_____（分擔）

五 思考與討論

1. 什麼樣的國家比較容易出現「人口老化」的問題？貴國也有這樣的問題嗎？貴國的老年人口占全國多少比例呢？

2. 很多國家都有「少子化」的問題，那麼，造成「少子化」的原因有哪些呢？貴國也有這樣的現象嗎？

3. 台灣政府為長期照顧銀髮族做了一些規劃，請聊聊你對這個部分的了解。也請你介紹介紹貴國政府在這方面的政策。

4. 請簡單說說貴國老年人的主要生活模式，他們大部分都跟孩子一起住或是自己住呢？年長者會住養老院嗎？

5. 你覺得怎麼做可以減少老年人孤單和被社會遺忘的感覺呢？

6. 你覺得高齡化社會將帶來哪些商機、產生哪些新行業呢？

7. 隨著科技進步，請想像一下自己的老年生活會有什麼不同？

—短文寫作—

請用一百個字寫出本課的內容

第十一課

網紅現象

中文有句俗語說：「**人怕出名豬怕肥**」，意思就是豬被養得特別肥美的時候，最容易被選出並且宰殺了來吃；人出了名以後，容易因此致富，但是一言一行都會受到注意，甚至招來批評。

但是隨著時代的改變，現在越來越多年輕人想出名，想藉著名氣製造商機來賺錢。不過他們不必像過去必須找到大公司，花大量的經費**打造**形象，找**亮相**或是**演出**的機會。而是只要用自己的美貌、口才、技能、知識等，在網路上用文字、影片或是直播等方式來吸引人點「**讚**」。累積了一定的人數以後，不但能因此紅起來，甚至可以靠為廣告代言、粉絲打賞、付費訂閱，或是販賣商品賺進**可觀**的現金。這也讓

「網紅現象」成為現代多元化社會中一種新型的多媒體文化，更形成了「網路經濟」。

當然，要成為成功的網紅，也不是一件容易的事，因為那些只會炫富、展現身材或美貌的人沒辦法一直吸引大家注意。此外，要是想在一些方面表現得像一個專家，比方說運動、電玩或流行等，可是卻不夠專業，都可能讓追隨者很快地失去新鮮的感覺。所以寫好內容、建立風格、了解年輕人關心的議題、再經過認真地編輯，隨時與粉絲互動才能成功。

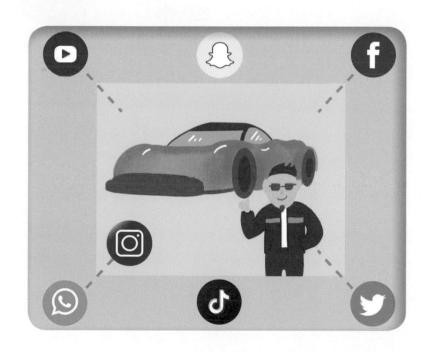

這種隨著科技和網路的發展而形成的社會現象，給了很多年輕人很快成名的機會。經過調查，臺灣有百分之五十的上班族夢想成為網紅。但是許多網紅卻用誇張、不雅、沒有修飾過的行為或說話方式來吸引更多粉絲，導致很多青少年

受到影響，或是因為想要模仿他們，而造成一些觀念上的偏差，但是現在還很缺乏這方面的法律來管理。

網紅擁有的大量粉絲，也會形成一種看不見的影響力，他們會用一些酸言酸語來批評自己不支持的人，或是幫一些政治人物發聲，造成不安定的社會氣氛。另外，還有很多商品不知道來源和品質，也沒有經過檢驗，就在網路上不停地推銷，讓許多人從粉絲變成了受騙的消費者。

這樣的發展是無法阻止的，因此，政府應該盡快建立相關的法律來避免更多網紅帶來的亂象。

生詞	拼音	詞類	翻譯
01 網紅	wǎnghóng	N	key opinion leader; Internet celebrity
02 俗語	súyǔ	N	proverb
03 肥美	féiměi	Vs	fat and juicy
04 宰殺	zǎishā	V	butcher
05 批評	pīpíng	N	criticism
06 藉著	jièzhe	Prep.	by; via
07 名氣	míngqì	N	fame
08 製造	zhìzào	V	to make
09 打造	dǎzào	V	to create
10 亮相	liàngxiàng	V	to make one's debut
11 演出	yǎnchū	V	to perform
12 美貌	měimào	N	good-looking
13 讚	zàn	Vs	likes
14 代言	dàiyán	V	endorsement
15 粉絲	fěnsī	N	fans
16 打賞	dǎshǎng	V	to reward
17 訂閱	dìngyuè	V	to subscribe
18 可觀	kěguān	Vs	considerable
19 多媒體	duōméitǐ	N	multimedia
20 展現	zhǎnxiàn	V	to show
21 身材	shēncái	N	body; figure
22 追隨者	zhuīsuízhě	N	follower
23 風格	fēnggé	N	style
24 編輯	biānjí	V	to edit

25	互動	hùdòng	V	to interact
26	成名	chéngmíng	V	to become famous/known
27	不雅	bùyǎ	Vs	indecent
28	修飾	xiūshì	V	to modify (one's words and deeds)
29	青少年	qīngshàonián	N	teenager
30	模仿	mófǎng	V	to imitate
31	觀念	guānniàn	N	notion; concept; thought, perspective
32	偏差	piānchā	N	deviation
33	發聲	fāshēng	V-sep	to speak for oneself/someone
34	來源	láiyuán	N	source
35	檢驗	jiǎnyàn	V	to test; examination
36	盡快	jìnkuài	Adv	as soon as possible
37	相關	xiāngguān	Vs	relevant
38	檢驗	jiǎnyàn	N	examination

片語 Phrases

	生字	拼音	翻譯
39	人怕出名豬怕肥	rén pà chūmíng zhū pà féi	envy assails the noblest; the winds howl around the highest peak
40	致富	zhìfù	to become rich
41	一言一行	yìyán yìxíng	words and deeds
42	招來	zhāolái	to attract; lead to
43	炫富	xuànfù	to flaunt/show off one's wealth
44	酸言酸語	suānyánsuānyǔ	sarcastic; sarcasm

一 選擇題

1 ( ) 網紅可以成為新型經濟的原因是什麼？

Ⓐ 大公司給他們亮相的機會

Ⓑ 在網路上人出了名以後為廣告代言

Ⓒ 利用自己的美貌有演出機會

2 ( ) 網紅如何賺進可觀的現金？

Ⓐ 粉絲打賞和付費訂閱

Ⓑ 為自己發聲

Ⓒ 利用政治人物

3 ( ) 根據課文，下面哪個不一定是網紅成名的條件？

Ⓐ 認真編輯內容和粉絲互動的專家

Ⓑ 直播年輕人喜歡的議題

Ⓒ 喜歡展現身材和炫富的人

4 ( ) 哪一個是課文提到的亂象？

Ⓐ 追隨者失去新鮮的感覺

Ⓑ 網紅們隨便推銷商品

Ⓒ 與粉絲互動

5 ( ) 你覺得課文裡提到的「紅起來」是什麼意思？

Ⓐ 人出名了

Ⓑ 人覺得欣喜若狂

Ⓒ 人被批評了

6 ◯ 請選出跟「名氣」不相關的生詞？

   Ⓐ 成名/紅

   Ⓑ 出名/知名

   Ⓒ 美貌/炫富

二 生詞填充

| 直播 | 代言 | 身材 | 酸言酸語 | 風格 |
| 追隨者 | 批評 | 訂閱 | 觀念偏差 | |

    網路時代人們的意見表達直接，想要出名不能只靠運動保持好_____，或是只有自己的_____，也要有夠強的心理來面對_____。有些話並不好聽，聽起來也讓人難過，所以叫_____。

    要靠網路上大量網友的_____來賺錢並不容易，因此不少網紅為了吸引年輕人也會有_____的行為，在_____的時候用誇張的表演和說話方式來吸引人。

    網紅_____的商品也可能品質很差，只想賣出去就好。只看眼前好處的做法，利用_____的信任並不是長久的經營方式。

三 句子配對

( ) ❶ 隨著網路科技的發展， Ⓐ 容易讓追隨者失去新鮮感。

( ) ❷ 許多網紅用誇張的 Ⓑ 也形成了一種看不見的影響力。
行為吸引粉絲，

( ) ❸ 過去必須找到大公司， Ⓒ 造成了一些青少年觀念的偏差。

( ) ❹ 網紅擁有的大量粉絲， Ⓓ 網路給了年輕人很快出名的機會。

( ) ❺ 只會炫富卻不專業， Ⓔ 花大量經費打造形象才有機會亮相。

四 完成句子

1. A：有的人為什麼不想出名？

   B：_____（一言一行）

2. A：網紅怎麼做可以增加粉絲？

   B：_____（用…的方式）

3. A：為什麼政治人物要找網紅合作？

   B：_____（藉著）

4. A：父母為什麼應該管理青少年如何用錢？

   B：_____（缺乏…觀念）

5. A：在台灣有多少上班族想成為網紅？

   B：_____（經過調查）

6. A：那個商品為什麼在網站上消失了？

   B：＿＿＿＿＿＿＿＿＿＿＿＿＿＿＿＿＿＿＿＿＿＿（招來…批評）

7. A：貴國最有錢的人是怎麼賺到那麼多錢的？

   B：＿＿＿＿＿＿＿＿＿＿＿＿＿＿＿＿＿＿＿＿＿（靠…致富）

8. A：我們不應該隨便相信社群媒體上的消息。

   B：我同意，＿＿＿＿＿＿＿＿＿＿＿＿＿＿＿＿（檢驗…來源）

9. A：今年最常出現在媒體的新聞是什麼？

   B：＿＿＿＿＿＿＿＿＿＿＿＿＿＿＿＿＿＿＿＿＿（跟…相關）

10. A：怎麼做才能減少碳排放？

   B：＿＿＿＿＿＿＿＿＿＿＿＿＿＿＿＿＿＿＿＿＿＿（盡快）

五 詞語解釋

1. 多媒體

_____

2. 人怕出名豬怕肥

_____

3. 不雅

_____

4. 亂象

_____

5. 模仿

_____

6. 俗語

_____

六 思考與討論

1. 你曾經因為網紅的推薦而購買過商品嗎？
   這樣的購物經驗好不好？

2. 臺灣有不少上班族夢想成為網紅，你也想成為網紅嗎？
   對你來說，利用多媒體直播來賺錢容易嗎？為什麼？

3. 如果有機會，你想靠展現哪方面的能力來成為網紅呢？

4. 現在的網紅用什麼方法可以在短時間以內讓人大量點讚，
   增加追隨者？

5. 在生活中，有人對你酸言酸語，你會怎麼處理？

6. 在你的母語裡，有沒有像「人怕出名豬怕肥」這樣的俗語？

請用一百個字寫出本課的內容

第十二課

貧富差距

根據 2020 的調查報告，在新冠肺炎疫情爆發之後，各國政府雖然有不同的紓困政策，但全球經濟成長衰退，更加深了貧富差距。

病毒擴散以後，全球工廠停擺，班機停飛，加工出口與服務業立刻受到衝擊。全球化的時代，一國接著一國地受到影響，沒有一個國家可以避免。根據專家預期，短時間內經濟仍沒辦法恢復，這對弱勢的家庭影響最大，並且原本是上下班、穩定的中產階級，現在一樣也得看天吃飯。

到 2020 年 4 月，全球有二分之一的人在失業的恐懼中，許多人必須放棄舒適的生活，減少購物。尤其在一些主要產業是製造業的國家，原本每天忙不過來，沒有休假的工人們，卻突然因為疫情而完全失業。

就在疫情加深貧富差距時，有專家提出：現在正是實施全民基本收入的時刻了。全民基本收入的意思是，不管人民原本

的生活如何，每人每月都能收到政府所發放的固定現金，用來維持基本生活需要。疫情導致工作機會減少，支持者認為：雖然病毒致死率只有 2%，但沒收入的致死率卻是 100%，不管是誰天天都必須吃飯。因此，全民基本收入是改善貧富差距的一帖良藥。

然而反對者認為，全民基本收入恐怕只能解決短期內的經濟問題，人民不至於因疫情導致生活困難，人人都活得下去。長期來看，這個政策將會是國家的財政壓力，並不會帶來好的結果。與其把錢平均分給人民，政府更應該加強醫療系統與教育系統。話說得好，天下沒有白吃的午餐。在民主國家提出這項政見，選舉時或許能得到中下階層的支持，但國家財源從哪裡來，選民也得想清楚。

從不同的角度，就有不同的解釋。貧富差距是一個複雜的社會問題，只能靠政治來全面解決。2020 年全球遇上了這場世紀傳染病，此時各國政府不但要保護自己國民的健康，也還得面對原本就存在的貧富差距。有人說，疫情就是一場大考驗，看看各國的制度是不是公平合理，是不是提供人民一個全面完善的生活基礎。各國都得修正制度，繼續前進。

專有名詞 Proper Noun

生詞	拼音	翻譯
01 新冠肺炎	Xīnguàn fèiyán	COVID-19

本文生詞 Vocabulary

生詞	拼音	詞類	翻譯
02 疫情	yìqíng	N	pandemic
03 爆發	bàofā	V	to outbreak
04 紓困	shūkùn	N	an economic relief package
05 成長	chéngzhǎng	N	growth; development
06 衰退	shuāituì	N	recession
07 加深	jiāshēn	V	to deepen
08 病毒	bìngdú	N	virus
09 擴散	kuòsàn	Vi	to spread
10 停擺	tíngbǎi	Vi	to come to a halt; to shut down
11 加工	jiāgōng	V	to export processing (zone)
12 服務業	fúwùyè	N	service industry
13 仍	réng	Adv	still
14 原本	yuánběn	Adv	originally; at first; used to be
15 恐懼	kǒngjù	N	fear
16 產業	chǎnyè	N	industry
17 製造業	zhìzàoyè	N	manufacturing industry
18 實施	shíshī	V	to implement; to carry out
19 時刻	shíkè	N	moment
20 發放	fāfàng	V	to issue; to provide; to grant

21	固定	gùdìng	Vs	fixed
22	維持	wéichí	V	to maintain; to sustain
23	致死率	zhìsǐlǜ	N	fatality rate
24	然而	ránér	Conj.	however; nevertheless
25	財政	cáizhèng	N	fiscal
26	與其	yǔqí	Conj.	instead of
27	加強	jiāqiáng	V	to reinforce
28	項	xiàng	M	a piece of
29	政見	zhèngjiàn	N	political view; political belief
30	財源	cáiyuán	N	finance
31	角度	jiǎodù	N	point of view; perspective
32	考驗	kǎoyàn	N	test
33	提供	tígōng	V	to provide
34	完善	wánshàn	Vs	perfect; complete
35	修正	xiūzhèng	V	to correct; to amend

片語 Phrases

	生詞	拼音	翻譯
36	貧富差距	pínfù chājù	the wealth gap; the gap between rich and poor
37	中產階級	zhōngchǎn jiējí	middle class
38	全民基本收入	quánmín jīběn shōurù	basic income
39	一帖良藥	yì tiě liángyào	a proper solution
40	長期來看	chángqí láikàn	in the long term; in the long run
41	中下階層	zhōng xià jiēcéng	middle-lower class

一 選擇題

1 ○ 各國貧富差距加深是從什麼時候開始的？
　　Ⓐ 各國經濟開始成長以前
　　Ⓑ 在實施紓困方案以後
　　Ⓒ 新冠疫情爆發以後

2 ○ 文章中說哪一個行業不是立刻受到疫情影響的？
　　Ⓐ 加工出口業
　　Ⓑ 科技業
　　Ⓒ 服務業

3 ○ 經濟衰退對社會中哪一族群影響最大？
　　Ⓐ 弱勢家庭
　　Ⓑ 中產階級
　　Ⓒ 沒有休假的工人

4 ○ 受到疫情影響，在失業恐懼中的人們如何面對？
　　Ⓐ 少出門
　　Ⓑ 減少購物
　　Ⓒ 不休假

5 ○ 有的專家對貧富差距加深提出的建議是什麼？
　　Ⓐ 減少疫情的致死率
　　Ⓑ 增加工作機會
　　Ⓒ 政府實施全民基本收入

6 ◯ 支持「全民基本收入」這項政策的人為什麼認為這是好辦法？

　Ⓐ 這對生病的人來說是一帖良藥。

　Ⓑ 因為人人都活得下去。

　Ⓒ 這可以立刻改善貧富差距問題。

7 ◯ 反對實施「全民基本收入」這項政策的人是為什麼反對呢？

　Ⓐ 這項政策只能解決短期的經濟問題。

　Ⓑ 短時間內政府的財政壓力太大。

　Ⓒ 受到疫情影響的人，不是人人都活不下去。

8 ◯ 反對實施「全民基本收入」這項政策的人認為應該怎麼做？

　Ⓐ 把錢平均分給人民。

　Ⓑ 政府加強醫療和教育系統。

　Ⓒ 想辦法得到中下階層人民的選票。

9 ◯ 下面哪一個是對的？

　Ⓐ 貧富差距問題很複雜，得靠政治來全面解決。

　Ⓑ 貧富差距問題原本是不存在的。

　Ⓒ 通過新冠疫情的考驗就能解決貧富差距。

10 ◯ 政府用什麼樣的制度可以改善貧富差距問題？哪個不對？

　Ⓐ 能得到中下階層選民支持的制度。

　Ⓑ 能提供人民全面完善生活基礎的制度。

　Ⓒ 一個公平合理的制度。

二 生詞填充

角度	財政	時刻	看天吃飯	考驗
維持	實施	爆發	長期來看	提供
全面	衝擊	一家接著一家地		

　　2019年底，新冠疫情＿＿＿＿＿＿，一直到現在疫情都還沒有＿＿＿＿＿＿得到控制，因此大家最關心的事就是新冠疫情為經濟帶來的＿＿＿＿＿。因為世界各國＿＿＿＿＿的政策就是要大家都待在家裡，不要出門，各種開門做生意的都受到影響，最糟糕的就是餐廳和百貨業，到處都是＿＿＿＿＿關門，失業率不停上升；還有許多國家到2020年8月也都還＿＿＿＿＿著不開放讓外國人進來的規定。

　　這對一個國家的製造業和加工出口生意都有極大的影響，許多原本工作穩定的上班族都認為，現在他們和農民一樣，都得＿＿＿＿＿啊！要是情況仍無法改善，＿＿＿＿＿，很多國家都可能會因為要大量的現金來紓困，而對政府＿＿＿＿＿＿形成相當大的負擔。

　　但是，換一個＿＿＿＿＿＿來看，許多人因為疫情改變了消費習慣，這也為很多科技公司、網路購物公司＿＿＿＿＿了更好的發展機會，但是在這最困難的＿＿＿＿＿，要世界各國一起努力，才能讓人類一起通過這個病毒所帶來的＿＿＿＿＿。

1. A：面對貧富差距越來越大的問題，你覺得把錢平均分給人民好嗎？

   B：＿＿＿＿＿＿＿＿＿＿＿＿＿＿＿＿＿＿（與其⋯，更應該⋯）

2. A：有的人覺得實施「全民基本收入」是一貼良藥，你覺得呢？

   B：＿＿＿＿＿＿＿＿＿＿＿＿＿＿＿＿＿＿＿＿（然而）

3. A：你認為貴國怎麼做能讓國家經濟成長？

   B：＿＿＿＿＿＿＿＿＿＿＿＿＿＿＿＿＿＿＿（提供）

4. A：只有亞洲國家受到新冠疫情的衝擊嗎？

   B：＿＿＿＿＿＿＿＿＿＿＿＿＿＿＿＿＿＿＿（擴散）

5. A：人類已經做好移民火星的準備了嗎？

   B：＿＿＿＿＿＿＿＿＿＿＿＿＿＿＿＿＿＿＿＿（仍）

6. A：為什麼在履歷表上面要特別介紹自己的專業能力呢？

   B：＿＿＿＿＿＿＿＿＿＿＿＿＿＿＿＿＿＿＿＿（加深）

7. A：政府怎麼做會讓大家更常搭公車或捷運呢？

   B：＿＿＿＿＿＿＿＿＿＿＿＿＿＿＿＿＿＿＿＿（實施）

8. A：國家有了新的法律以後就可以馬上實施嗎？

   B：＿＿＿＿＿＿＿＿＿＿＿＿＿＿＿＿＿＿＿＿（修正）

四 詞語解釋

1. 中下階層

_____

2. 停擺

_____

3. 中產階級

_____

4. 天下沒有白吃的午餐

_____

5. 致死率

_____

五 句子配對

( ) ❶ 各國政府有不一樣的紓困政策，　Ⓐ 只能靠政府來全面解決。

( ) ❷ 要是短時間內經濟無法恢復，　Ⓑ 卻突然因為疫情而完全失業。

( ) ❸ 全民基本收入　Ⓒ 但是經濟衰退加深了貧富差距。

( ) ❹ 貧富差距是個複雜的社會問題，　Ⓓ 是改善貧富差距的一帖良藥。

( ) ❺ 原本每天忙不過來的工人，　Ⓔ 這對弱勢家庭的影響最大。

1. 你同意政府實施全民基本收入政策嗎？在你的國家政府實施哪些政策來幫助弱勢家庭？

2. 你認為政府除了負擔弱勢家庭的學費，還可以怎麼從教育方面來改善貧富差距？

3. 你同意貧富差距問題得全面靠政府來解決嗎？你認為有錢的人或是企業家有沒有必須幫忙的社會責任？

4. 從另外一個角度來看，你認為科技可以幫助改善貧富差距問題嗎？

5. 減少碳排放、高齡化社會、貧富差距，這些問題你覺得哪一個必須先解決？為什麼？

─短文寫作─

請用一百個字說明本課的內容

解答

第一課 女媧造人

一、選擇題

1 Ⓑ　　2 Ⓐ　　3 Ⓑ
4 Ⓐ　　5 Ⓑ　　6 Ⓒ
7 Ⓒ

二、生詞填充

1 Ⓒ　　2 Ⓑ　　3 Ⓐ
4 Ⓑ　　5 Ⓐ　　6 Ⓑ
7 Ⓒ　　8 Ⓐ　　9 Ⓐ

三、句子配對

1 Ⓔ　　2 Ⓒ　　3 Ⓑ
4 Ⓐ　　5 Ⓓ

四、動詞填空

1 捏　　　　　　2 甩
3 挖　　　　　　4 沾

第二課 嫦娥奔月

一、選擇題

1 Ⓑ　　2 Ⓐ　　3 Ⓐ
4 Ⓑ　　5 Ⓑ　　6 Ⓑ

二、生詞填充

嚴厲，貪心，炎熱，乾枯，尋找，

葫蘆，於是，突然，著急，欣喜
若狂，搶，命令，忍心，醉，農
作物，阻止

三、句子配對

1 Ⓓ　　2 Ⓐ　　3 Ⓔ
4 Ⓑ　　5 Ⓒ

四、完成句子

1. B：由於天氣炎熱的關係，大
火才會燒得那麼久。

2. B：因為那個地方十分缺水，
農作物都乾枯了，所以長
不大。

3. B：因為他們不是想擁有更多
權力，就是想永遠都擁有
權力。

4. B：看看她欣喜若狂的樣子就
知道了。

5. B：大家都知道喝酒以後不適
合開車，否則可能會出車
禍。

6. B：多想想自己已經擁有的，
就會快樂。

7. 如果對孩子太嚴厲，會給孩子
帶來很大的壓力。

8. 這位教授的要求很嚴，如果要
上那門課，千萬要認真一點。

9. 她因為攜帶了豬肉而被機場的

人員阻止上飛機。

10.聽到自己要被處罰，他著急地給家人打電話。

4. 就算許仙知道白素貞是妖怪，也還是深愛著她。

5. 白素貞不但找到救命草藥，而且把許仙救活了。

第三課 白蛇傳

一、選擇題

1 Ⓑ　　2 Ⓒ　　3 Ⓐ
4 Ⓑ　　5 Ⓒ　　6 Ⓐ
7 Ⓑ　　8 Ⓑ　　9 Ⓒ

二、生詞填充

1 Ⓑ　　2 Ⓒ　　3 Ⓐ
4 Ⓑ　　5 Ⓐ

三、句子配對

1 Ⓑ　　2 Ⓒ　　3 Ⓔ
4 Ⓐ　　5 Ⓓ

四、完成句子

1. 很多人都知道西湖邊有一個既會治病、又善良的人，藥鋪的生意非常好。

2. 因為白素貞會法術，而許仙懂得用藥，他們也幫助窮人治病。

3. 許仙一看到白素貞變成了白蟒蛇，就嚇死了。

第四課 熱帶雨林

一、選擇題

1 Ⓒ　　2 Ⓑ　　3 Ⓐ
4 Ⓑ　　5 Ⓒ　　6 Ⓑ
7 Ⓒ

二、生詞填充

燃燒，乾旱，失控，生態，破壞，野生，占，肺，產生，濃度，反射，溫室效應，極端，變遷，極度，洪水，阻止，生物

三、完成句子

1. 因為透過亞馬遜雨林，可以調節地球的氣候。

2. 熱帶雨林的植物不但可以當藥品原料，還可以醫治癌症。

3. 由於各種商業利益，因此人們透過燃燒砍樹的方式來開墾雨林，種植高經濟價值的農作物。

4. 不是雨林中的生物都會消失，就是人們都生活在危險當中。

5. 對啊，這給他們帶來很多經濟利益。

6. 人類應該了解，保護熱帶雨林不是為了自己，而是為了要讓其他生物以及資源也能永遠留在地球上。

7. 人們不應該再破壞雨林，否則最後受到傷害的不只是人類。

8. 這幾年很多地方發生大火，包括澳洲以及美國西部地區。

9. 我們應該保護消失中的雨林，一來是保護人類，二來是保護其他生物。

四、句子配對

1 Ⓔ　　2 Ⓒ　　3 Ⓐ
4 Ⓑ　　5 Ⓓ

第五課　大航海時代的台灣

一、選擇題

1 Ⓑ　　2 Ⓐ　　3 Ⓑ
4 Ⓒ　　5 Ⓒ　　6 Ⓑ
7 Ⓑ　　8 Ⓒ　　9 Ⓑ

二、生詞填充

1. 見證　　2. 大規模　　3. 大批

4. 無限　　5. 不佳　　6. 述說

7. 航行　　8. 驅動　　9. 水手

10. 冒險

三、句子配對

1 Ⓒ　　2 Ⓓ　　3 Ⓔ
4 Ⓐ　　5 Ⓑ

四、完成句子

1. B：花蓮的風景和人情味都令人難忘，所以我想再去一次。

2. B：因為不管是哪一個，都可以把發生過的事保存下來。

3. B：因為他們要去宣傳宗教。

4. B：因為交通不方便，而且路途很遠。

5. B：這個名字的由來是因為葡萄牙水手難忘島上美麗的風景，所以喊出了Ilha Formosa。

6. B：因為天氣一年比一年熱，讓人難耐。

7. 荷蘭人建立的文字系統，為原住民的歷史留下紀錄。

8. 我喜歡把每天發生的事寫下來，記錄自己的生活。

9. 不管是古蹟或是文字，都可以為後人留下紀錄。

10. 台灣是一座太平洋上的島嶼，島上高山起伏，風景漂亮。

第六課 原住民文化

一、選擇題

1 Ⓒ　　2 Ⓒ　　3 Ⓑ

4 Ⓒ　　5 Ⓐ

二、生詞填充

〔A〕播種，器具，收成，狩獵，
　　筋疲力竭，部落，派，巫術，
　　教導，豐收，驕傲，感謝，
　　欺負，挖，淹沒，處罰

〔B〕1. 現象，情形

　　2. 祭拜，祈求，祭典

　　3. 等，間

　　4. 記錄，紀錄

三、完成句子

1. B：到蘭嶼旅行，不但能欣賞到
　　　島上美麗的風景，甚至還
　　　可以看到島上許多穿著丁
　　　字褲的雅美（達悟）族人，
　　　站在船上舉行「飛魚祭」。

2. B：太好了，這樣一來，原住
　　　民文化資產就不會消失了。

3. B：舉辦小米播種祭，一方面
　　　用歌舞來慶祝農作豐收，
　　　另一方面更希望透過年紀
　　　和階級的分工，讓他們的
　　　社會制度可以永遠傳下去。

4. B：他們透過祭典來表達對天
　　　地萬物和大自然的尊敬和
　　　感謝。

5. B：隨著社會的發展，並且受到
　　　外來文化的影響，讓許多
　　　原住民文化正在慢慢消失。

6. B：不，他們的農業器具以及狩
　　　獵方式都各有各的特色。

四、句子配對

1 Ⓔ　　2 Ⓓ　　3 Ⓐ

4 Ⓒ　　5 Ⓑ

第七課 手機如何顛覆人類生活

一、選擇題

1 Ⓒ　　2 Ⓑ　　3 Ⓐ

4 Ⓐ　　5 Ⓑ

二、生詞填充

平台，直播，消費者，貼文，回，道歉，負面，失去，沉浸，不再

三、句子配對

1 Ⓔ　　2 Ⓓ　　3 Ⓒ
4 Ⓐ　　5 Ⓑ　　6 Ⓕ

四、完成句子

1. 除了手機以外，電腦也變成人人生活中一定得有的必需品。

2. 上網看直播成為很多人每天都會做的事。

3. B：對啊！不帶電腦也能上網、聊天、看影片都變得輕而易舉。

4. B：沒錯，科技的進步讓學習不必受限於時間和空間。

5. B：就是隔著手機讓人和人的關係好像更遠了。

6. B：想要打破僵局可以用手機傳個訊息給她／他。

7. B：那是因為父母擔心孩子會長時間沉迷於網路世界。

8. B：手機不是有導航功能嗎？快打開來用吧！

9. B：她最近很迷烘焙，不再對玩遊戲機那麼有興趣了。

10. B：因為電影的內容顛覆了很多人對未來世界的想像。

第八課　移民火星

一、選擇題

1 Ⓑ　　2 Ⓑ　　3 Ⓑ
4 Ⓐ　　5 Ⓒ

二、生詞填充

未來，宇宙，遙不可及，團隊，火箭，雀屏中選

居住，民間，縮短，缺乏，星球，此外

三、完成句子

1. B：因為火星上既冷又缺乏氧氣

2. B：我所想的環遊時間應該要花上三個月的時間。

3. B：要靠矽氣凝膠來提高。

4. B：除了可以提高火星表面的溫度，甚至可以在火星的土地上種出植物來。

5. B：隨著科技文明的發展，環遊世界已經不是遙不可及的

夢想，國和國的界線也變
得比較模糊了。

6. B：由於地球的人口增加導致資
源不足，氣候、環境和生態
都越來越糟糕了。

四、閱讀（對或錯）

1 ○　　　　2 ✕
3 ✕　　　　4 ○

第九課　減少碳排放

一、選擇題

1 Ⓑ　　2 Ⓐ　　3 Ⓒ
4 Ⓑ　　5 Ⓒ　　6 Ⓐ
7 Ⓑ　　8 Ⓑ

二、連連看

1. 省電 ⒷⒹⒻⒽ

2. 減少 ⒺⒼⒾ

3. 省水 Ⓓ

4. 減少運輸 ⒸⒺⒼⒾⒿ

5. 資源回收 Ⓐ

三、生詞填充

1. 運用，融化

2. 憂心忡忡，警告

3. 措手不及，加快

4. 關鍵，知易行難

5. 集中，量

6. 反而

7. 的確，適應

四、句式練習 1

1. 少一點 / 涼快一點 / 舒服一點
（提供多選項）

2. 長一點 / 久一點 / 多一點
（提供多選項）

3. 多一點

4. 減少一點，節省一點

5. 少用一點

6. 做一點 / 多做一點（提供多選
項）

7. 一點都不冷

8. 久一點

9. 一點都不難 / 一點都不麻煩
（提供多選項）

五、句式練習 2

1. 不但…甚至（還）…

2. 像是…等

3. 連…都

4. 雖然…但是

5. 隨著…也跟著

6. 就算…也

六、動詞練習

1. 造成，導致
2. 根據，造成
3. 受到，引起
4. 根據，引起

第十課 高齡化社會

一、選擇題

1 Ⓒ　　2 Ⓑ　　3 Ⓑ
4 Ⓒ　　5 Ⓐ　　6 Ⓑ
7 Ⓐ

二、生詞填充

創業，離婚，頂客族，作伴，單
身，扶養，配合，規劃，下降，
帳戶，養老院，銀髮族

三、句子配對

1 Ⓒ　　2 Ⓓ　　3 Ⓔ
4 Ⓐ　　5 Ⓕ　　6 Ⓑ

四、完成句子

1. B：只要年長者得了這種病，
死亡率就很高。

2. B：人的壽命越來越長，老年
人的比例越來愈高。

3. B：我想學習他（……）的技
巧。

4. B：因為他們常常覺得被家人
和社會遺忘了。

5. B：出生率下降。

6. B：根據世界衛生組織的定義，
65 歲以上人口占全國人口的
7% 稱作「高齡化社會」；占
14% 是「高齡社會」；到達
20% 就是「超高齡社會」了。

7. B：因為醫療的進步，降低了
人類的死亡率。

8. B：專家預估 2026 年台灣會跟
日本一樣變成「超高齡社
會」。

9. B：傳統上一般的父母期望孩
子們能扶養他們。

10. B：可以分擔政府的長照壓力。

第十一課 網紅現象

一、選擇題

1 Ⓑ　　2 Ⓐ　　3 Ⓒ
4 Ⓑ　　5 Ⓐ　　6 Ⓒ

二、生詞填充

身材，風格，批評，酸言酸語，
訂閱，觀念偏差，直播，代言，
追隨者

三、句子配對

1 Ⓓ   2 Ⓒ   3 Ⓔ
4 Ⓑ   5 Ⓐ

四、完成句子

1. B：因為他們的一言一行都會受到檢驗。

2. B：用直播和廣告代言的方式都可以增加粉絲。

3. B：他們可以藉著網紅的大量粉絲來形成一種看不見的影響力。

4. B：因為青少年缺乏管理金錢的觀念。

5. B：經過調查，大概有一半的上班族想成為網紅

6. B：由於商品的品質很差，所以招來很多消費者的批評。

7. B：他是靠賣車致富的。

8. B：我同意，沒有檢驗消息的來源就不知道是不是真的。

9. B：今年最常出現的是跟大規模傳染病相關的新聞。

10. B：各國政府應該盡快建立減少碳排放的法律。

第十二課　貧富差距

一、選擇題

1 Ⓒ   2 Ⓑ   3 Ⓐ
4 Ⓑ   5 Ⓒ   6 Ⓑ
7 Ⓐ   8 Ⓑ   9 Ⓐ
10 Ⓐ

二、生詞填充

爆發，全面，衝擊，實施，一家接著一家地，維持，看天吃飯，長期來看，財政，角度，提供，時刻，考驗

三、完成句子

1. 與其實施這個政策，更應該加強教育制度。

2. 然而這個政策可能造成財政負擔。

3. 政府提供外國企業好的投資環境能讓國家經濟成長。

4. 不是，疫情擴散到全世界了。

5. 科學家們仍在努力。

6. 這是為了加深那家公司對自己印象。

7. 政府應該實施票價折扣的政策。

8. 很多法律都需要修正以後才能實施。

五、句子配對

1 Ⓒ   2 Ⓔ   3 Ⓓ
4 Ⓐ   5 Ⓑ

Linking Chinese
全方位華語精進讀本 The Ultimate Chinese Reader

2022年9月初版　　　　　　　　　　　　　　　　　定價：新臺幣550元
有著作權‧翻印必究
Printed in Taiwan.

著　　　者	林　佳　慧　、　陳　　　玉	
	郭　芳　君　、　張　惠　雯	
繪　　　者	禾　　　　　　　　　　子	
叢書主編	李　　　佳　　　姍	
特約編輯	李　　　　　　　芃	
英文校對	梁　　　祐　　　造	
錄音教師	王　俊　仁　、　林　春　霞	
	范　美　媛　、　劉　崇　仁	
內文排版	劉　　　秋　　　筑	

出　版　者	聯經出版事業股份有限公司	副總編輯	陳　　逸　　華	
地　　　址	新北市汐止區大同路一段369號1樓	總編輯	涂　　豐　　恩	
叢書主編電話	（02）86925588轉5320	總經理	陳　　芝　　宇	
台北聯經書房	台北市新生南路三段94號	社　　長	羅　　國　　俊	
電　　　話	（02）23620308	發行人	林　　載　　爵	
台中辦事處	（04）22312023			
台中電子信箱	e-mail:linking2@ms42.hinet.net			
郵政劃撥帳戶第0100559-3號				
郵撥電話	（02）23620308			
印　刷　者	文聯彩色製版有限公司			
總　經　銷	聯合發行股份有限公司			
發　行　所	新北市新店區寶橋路235巷6弄6號2F			
電　　　話	（02）29178022			

行政院新聞局出版事業登記證局版臺業字第0130號

本書如有缺頁，破損，倒裝請寄回台北聯經書房更換。　　ISBN　978-957-08-6491-5 (平裝)
聯經網址 http://www.linkingbooks.com.tw
電子信箱 e-mail:linking@udngroup.com

國家圖書館出版品預行編目資料

全方位華語精進讀本／林佳慧、陳玉、郭芳君、張惠雯著 .
初版 . 新北市 . 聯經 . 2022.09 . 144面 . 19×26公分 .
（Linking Chinese）
ISBN　978-957-08-6491-5（平裝）
[2022年9月初版]

1. CST: 漢語　2. CST: 讀本

802.86　　　　　　　　　　　　　　　　　　111012288